© 2016   Eckhard Duhme, tredition GmbH
Verlag: tredition GmbH, Hamburg
ISBN: 987-3-7345-4718-8 (Paperback)
            987-3-7345-4719-5 (Hardcover)
            978-3-7345-4720-1 (e-Book)

Printed in Germany

Eckhard Duhme

Wenn jemand eine Reise tut,
so kann er was verzählen.

Urlaubslektüre

 tredition®

Inhaltsverzeichnis   Seite

Inhaltsverzeichnis   Seite

Vorwort

Nach der Trilogie *„Mir passiert so etwas doch nicht"* (2011, 2012, 2013) hatte ich mir vorgenommen, über andere Themen als Urlaubsreisen zu schreiben. Zwei Jahre hatte ich mich dann daran auch gehalten, aber 2016 passierten im Zusammenhang mit einem Urlaub auf Sardinien mal wieder so viele besondere Ereignisse, dass es „in den Fingern kribbelte", darüber zu berichten. Um diese Erzählung nun aber keine Erweiterung der Tri- zur Tetralogie werden zu lassen, wählte ich einen anderen Titel, teilte den Text in Kapitel auf und stattete das Buch mit Fotos aus – so wurde es „ganz anders" als seine Vorgänger. Oder etwa doch nicht?

Das Bild auf dem Einband vorne zeigt *Mirto* – eine Pflanze aus Sardinien, die nun bei uns im Garten blüht.

1   Reisevorbereitungen

Die Reisevorbereitungen verliefen zunächst einmal glatt. Routiniert hatte ich, um „Frühbucherkonditionen" zu nutzen, schon Ende 2015 per Internet Hotel, Flug und Mietwagen für April gebucht. Wir hatten uns für eine Hotelanlage in *Cala Liberotto*, einem Ort in der Nähe der Stadt *Orosei*, ca. 75 km südlich von *Olbia* entschieden. Sie lag an der Ostküste „in etwa" auf der Hälfte zwischen Norden und Süden der Insel, so dass wir dann bei den geplanten Erkundungstouren einigermaßen günstig in alle Richtungen fahren könnten.

Für Flüge nach *Olbia* kamen für uns - meine Frau Angelika und mich - von Neuwied aus die Flughäfen Frankfurt, Düsseldorf und Köln/Bonn in Betracht. Ich entschied mich für das Angebot einer Fluggesellschaft mit Start in Köln/Bonn um 11:55 Uhr. Das war doch eine angenehme Startzeit; da könnten wir in einem Airport-Hotel in aller Ruhe ausschlafen und frühstücken. Der Rückflug sollte um 14:40 Uhr erfolgen, auch eine gute Zeit, um keinen Stress zu haben. Ich suchte und fand per Internet in Köln ein Airport-Hotel, das „Park, sleep and fly" anbot, circa zehn Autominuten vom Flughafen entfernt lag. Der Preis war günstiger als bei einem Hotel direkt am Flughafen, zumal der Taxi-Transfer vom und zum Hotel im Preis enthalten war. Prima, es war alles geregelt.

Ende Januar 2016 kam Post von der Fluggesellschaft:

„Sehr geehrter Fluggast,

aus bislang nicht vorhersehbaren Gründen war es leider erforderlich, die Durchführung des Fluges teilweise zu ändern."

Die neuen Abflugzeiten lauteten: 05:35 Uhr ab Köln/Bonn, 08:20 Uhr ab Olbia.

„Son Mist!" ärgerte ich mich. „Da müssen wir ja jeweils schon vor 04:00 Uhr aufstehen; das ist ja blöde!" Es ergaben sich aber noch zwei ganz andere Probleme. Das Hotel hatte bei der Buchung notiert: „Check-in ab 15:00 Uhr" und der Mietwagen war für 14:30 Uhr gebucht. Hotel und Autovermieter wurden kontaktiert. Erfreulicherweise hieß es bei beiden: „Kein Problem!". Der „15:00 Uhr-Check-In" galt so grundsätzlich, aber nicht am 16.04., unserem Anreisetag; denn genau an dem Tag begann für das Hotel die Saison. Es gab also keine Gäste, die vor uns zunächst auschecken müssten. „Sie können die Suite nutzen, sobald sie ankommen." Na, dann würde das nächtliche Aufstehen mit „gewonnenen Stunden am Urlaubsort" ausgeglichen. Komplizierter schien zunächst das „Autoproblem" zu sein. Zwar war die Abholzeit von 14:30 Uhr auf 08:00 Uhr geändert worden, aber ich stellte im Internet fest, dass das Büro immer erst um 08:00 Uhr öffnete. Wir müssten am Rückflugtag den Wagen jedoch spätestens gegen 07:00 Uhr loswerden, um am Flughafen *Olbia* rechtzeitig genug einchecken zu können. Ich las auf der Homepage des Autovermieters: „Übergaben außerhalb der Bürozeiten kosten 40 € und müssen ausdrücklich vereinbart werden." Die Lösung gefiel mir nicht. Mittels Mailkontakt ergab sich eine viel einfachere Regelung: „Den Wagen können Sie zu jeder beliebigen Zeit in unserer Parkzone abstellen, den Autoschlüssel in eine Box bei unserem Schalter werfen." Diese Lösung hatte zwar das „Restrisiko", dass es kein Übergabeprotokoll geben würde, der Autovermieter also nachträglich irgendwelche Mängel reklamieren könnte. Ich vertraute aber der

Seriosität des Vertragspartners. Auch die warnenden Hinweise eines Tenniskollegen: „Da kann so viel passieren, mach Fotos vom Wagen, wenn Du ihn abgestellt hast", beunruhigten mich nicht. Erneut war „alles geregelt". Dazu gehörte die übliche Absprache mit den Nachbarn, sich „um Briekasten und Mülltonnen zu kümmern".

2   Der Tag vor dem Abflug

Am 16.04. verlief die Fahrt zum Hotel in Köln völlig problemlos. Wir waren bewusst schon gegen 14:00 Uhr dort, weil ich bei der Buchung bemerkt hatte, dass in ca. 500 Meter Entfernung eine S-Bahn-Station war, von der aus wir in zehn Minuten noch zum Hauptbahnhof fahren könnten, um dann durch die City zu bummeln. Das wäre doch schon mal ein „guter Einstieg in den Urlaub". Leider gab es an der Hotel-Rezeption keine S-Bahn-Karten: „Auf dem Bahnsteig steht ein Kartenautomat." Wir spazierten zur Station und ließen uns nicht verleiten, einen Sprint einzulegen, als wir aus etwa 200 Meter Entfernung eine Bahn abfahrbereit stehen sahen. „S-Bahnen kommen vermutlich innerhalb kurzer Zeitspannen; wir nehmen die nächste", waren wir uns sofort einig. Ja, nur fünf Minuten später kam bereits eine. Die konnten wir jedoch nicht nehmen, weil wir reichlich hilflos und ein wenig verzweifelt versuchten, den Kartenautomaten zu besiegen. Auf einige Eingaben zeigte er gar keine Reaktion, mehrmals stellte er die Frage, wie viele Kinder mitfahren würden, mal akzeptierte er keine Geldscheine. Ein junger Mann, der unsere Fehlversuche beobachtet hatte, bot seine

Eingabehilfe an, aber er kam im System nicht weiter als wir. Dann versuchte es ein anderes Ehepaar – ebenfalls vergeblich. Ich entdeckte auf dem Bahnsteig einen Bahnbediensteten, an den ich mich wendete. Er war ein Ausländer, der die deutsche Sprache (noch?) nicht beherrschte. Er verstand, dass es Probleme mit dem Kartenautomaten gab und machte einen „praktischen" Lösungsvorschlag: „Du mit Handy Apparat fotografieren, Nummer aufschreiben, wenn Schaffner kommt, Foto zeigen." Ich fragte: „Gibt es hier denn noch einen zweiten Kartenautomaten?" Nach mehreren Sekunden intensiven Nachdenkens wurde mir der Weg dorthin gezeigt. Ich ging zu dem Automaten – zack, innerhalb kurzer Zeit hatte ich die gewünschten Karten. Das mitleidende Ehepaar wurde entsprechend informiert. Es gelang ihm so gerade eben noch, auch die nächste einlaufende S-Bahn nutzen zu können.

Der Stadtbummel in der Kölner City war zunächst gemütlich, dann für Angelika auch noch erfolgreich. Seit längerer Zeit schon war sie auf der Suche nach einer „schönen bunten Tasche", von der Firma, die „nur bunte Sachen" hat. Mehrere Male hatte ich die Kauflust mit einem „Nö, sieht nicht so gut aus" beenden können, aber von der Tasche in Köln war auch ich überzeugt. Angelika fragte vorsichtig: „Ist der Preis denn beim Urlaubsgeld noch drin?" „Wir bezahlen die hier mit Karte, nicht vom Urlaubsgeld." Na, das strahlende Gesicht meiner Frau rechtfertigte die Entscheidung mehr als genug. „Die Tasche bleibt aber beim Hotel im Auto, die nehmen wir jetzt nicht noch mit", ergänzte ich vorsichtshalber. Das fand Angelika ganz in Ordnung. Sie kaufte dann in einem Supermarkt noch zwei belegte Sandwiches: „Die sind für unser Frühstück morgen am Flughafen. Ich hoffe, es gibt dort dann schon irgendwo einen Kaffee dazu."

Gegen 17:30 Uhr fuhren wir mit der S-Bahn zurück zur Hotelstation. Wir wollten ca. 18:00 Uhr mit dem Auto am Flughafen sein, um die Koffer schon aufzugeben. Dieses Abendangebot der Fluggesellschaften nutzten wir gerne, um morgens nicht in einer Warteschlange anstehen zu müssen. Das „Einchecken" hatte ich per PC von zu Hause aus erledigt; wir hatten bereits unsere Flugkarten. So reichte es, wenn man am Abflugtag statt der sonst vorgegebenen zwei Stunden nur etwa eine Stunde vor Startbeginn am Flughafen eintraf. Wir mussten also „erst" um 03:45 statt um 02:45 Uhr aufstehen. Die eine Stunde mehr Schlaf war mir wichtig.

Die Aufgabe der Koffer verlief völlig problemlos. Wir waren offensichtlich genau zum richtigen Zeitpunkt am Abendschalter. Vor uns waren nur drei „Kofferaufgeber", hinter uns bildete sich bald eine Warteschlange. Die Gewichtskontrolle der Koffer auf dem Laufband bestätigte exakt die von mir zu Hause ermittelten (23 + 22) 45 kg; die erlaubten 46 kg für zwei Koffer waren eingehalten. Es gab keinen Diskussionsbedarf wegen „Übergewicht".

Zurück im Hotel wollten wir im Restaurant etwas essen. Die Speisekarte war zwar nicht sehr umfangreich, aber wir fanden etwas „für den kleinen Hunger". Der nahm dann zu, weil der Kellner uns anscheinend vergessen hatte. Nach etwa 25 (!) Minuten kam er wieder zu uns. Wir hatten gerade beschlossen, keine fünf Minuten mehr zu warten. Es kam noch schlimmer. Auf unsere Bestellung hin, sagte der Kellner: „Es tut mir leid, das haben wir heute nicht." Schon genervt wählten wir eine Alternative. „Das haben wir heute auch nicht, aber ich kann Ihnen ein sehr leckeres Bier bringen." „Nein, danke, es reicht!"

Wir verließen das Hotel, um irgendwo etwas zu essen. In wenigen hundert Metern entfernt war ein anderes Hotel. Dort an der Rezeption erfuhren wir: „Wir sind ein Bed- und Breakfast-Hotel, bei uns gibt es nur Frühstück." Wir marschierten weiter. Das einzige Restaurant, das es im näheren Umkreis gab, gehörte zu einer Kette, die „Döner und Hamburger" anbietet. Das entsprach nicht unserer Geschmacksrichtung.

Wir gingen zu einer Tankstelle. „Dort gibt es doch bestimmt leckere Bockwürstchen mit Brötchen." Tja, im „Bockwurstbehälter" war eine Wurst. „Ich kann Ihnen noch eine zubereiten, aber das dauert dann etwas." „Okay, wir haben Zeit." Die Wartezeit wollte ich mit einem Bier überbrücken; im Getränkeschrank gab es genügend Auswahl. Ich fragte die Bedienung: „Können Sie mir bitte einen Flaschenöffner geben?" „Leider nein, Alkohol darf hier im Raum nicht getrunken werden." Ich wusste nicht, ob ich lachen oder verzweifelt sein sollte. In dem Moment wurde draußen ein LKW betankt. Ich ging zu dem Fahrer und fragte, ob er einen Flaschenöffner hätte. Den hatte er nicht, aber er knipste den Verschluss mit irgendeinem mir nicht bekannten Trick locker auf. Zurück im Laden wurde ich ermahnt: „Bitte nicht hier trinken, ich bekomme sonst große Probleme!" Wir erhielten die Bockwürstchen. Meines schmeckte gut, das Brötchen dazu auch. Angelika schien es ebenfalls zu munden, aber später draußen sagte sie: „So richtig heiß ist meine Wurst nicht gewesen." Wir stellten uns auf den an der Tankstelle vorbeiführenden Bürgersteig und teilten uns das Bier. Ich äußerte: „Wer uns hier so sieht, könnte meinen, wir wären ein Alkohol abhängiges Pennerpärchen." Es sah uns aber niemand. Die geleerte 0,33-l-Flasche brachte ich dann in den Laden zurück. Die Bedienung freute sich, dass ich auf Erstattung des Flaschenpfandes verzichtete.

3   Clio

Wegen der frühen Aufstehzeit orderten wir vorsorglich den „telefonischen Weckdienst" des Hotels für 03:45 Uhr. Zusätzlich stellte ich unseren Reisewecker auf 03:40 Uhr. Da Angelika außerdem für solche Bedarfsfälle über eine „innere Weckuhr" verfügt, waren wir „auf der sicheren Seite". Und es funktionierte alles exakt nacheinander: Angelika wurde um 03:35 Uhr wach, um 03:40 Uhr klingelte der Wecker und um 03:45 Uhr das Telefon. Wir hatten also genug Zeit zum Duschen und für die restlichen Reisevorbereitungen.

Das Taxi stand pünktlich um 04:30 Uhr vor der Hoteltür; um 04:40 Uhr waren wir am Flughafen. Angelika freute sich, dass ein Coffee-Shop geöffnet hatte; sie bekam ihren „zum Munterwerden dringend benötigten Kaffee". Die für das Frühstück gekauften Sandwiches schmeckten gut – es war wieder „alles geregelt".

Das Flugzeug startete pünktlich um 05:35 Uhr. Beim Imbissangebot während des Fluges wählten wir „warmes Rosinenbrötchen" (statt Salzbrezel), Angelika Kaffee und Cola, ich Cola und Orangensaft. Wir beobachteten, dass viele den bei Flügen so beliebten Tomatensaft bestellten. Der Flug verlief ohne Turbulenzen, die meiste Zeit über den Wolken. Beim Anflug auf Sardinien herrschte klare Sicht. Der Pilot meldete: „Sonnenschein, 16 Grad, im Laufe des Tages 20 Grad." Der erste Eindruck „von oben" war: „Alles grün!"

Erstaunlich schnell erfolgte die Gepäckausgabe. Nun ja, der Flughafen *Olbia* ist nicht groß und zu so früher Stunde landeten wohl auch nur wenige Flugzeuge. Uns war das natürlich sehr recht. Kurz nach 08:00 Uhr waren wir beim Autovermieter. Es war offensichtlich der begehrteste Anbieter; denn bei anderen stand niemand an, bei „unserem" bereits vier vor und bald schon mehrere hinter uns. Das Büro war aber wohl darauf vorbereitet, denn es waren zwei Schalter geöffnet. Wir wunderten uns dann, dass wir recht lange warten mussten. „Vermutlich haben die vor uns alle nicht vorbestellt, so dass jetzt erst die Daten erfasst werden müssen", vermutete ich. Da hatte ich mich geirrt; denn als wir an der Reihe waren, mussten, trotz vorheriger Buchung, auch alle Daten eingegeben werden. Es war nichts vorbereitet. Immerhin war die Verständigung einigermaßen auf Deutsch möglich. Ich ließ mir nochmal bestätigen, dass bei Rückgabe des Wagens der Schlüssel in eine Box geworfen werden konnte.

Dann erlebten wir drei Überraschungen. Wir erhielten, das hatten wir bei Mietwagen im Urlaub noch nie, ein nagelneues Auto, Kilometerstand 12 km. „Der ist gestern angeliefert worden." Na, da brauchten wir uns doch über vorhandene Schäden keine Gedanken zu machen. Es war ein hellgrauer Renault Clio. „Schön, keine dunkle Farbe", freute Angelika sich. Die zweite Überraschung sorgte zunächst für eine Irritation: „Der hat ja nur zwei Türen, hast Du nicht einen mit vier Türen bestellt?" fragte Angelika. Ich hatte selber zuvor auch kurz gestutzt, aber dann festgestellt, dass die Griffschalen für die hinteren Türen nicht an der „normalen" Stelle, sondern oben schräg hinter den Fenstern angebracht und dort kaum zu sehen waren. Als ich meine Frau „aufklärte", musste sie lachen: „Das ist ja eine pfiffige Lösung!" Die dritte Überraschung verlief etwas schmerzhaft: beim Einsteigen stießen Angelika und ich, jeder auf seiner Seite, mit dem Kopf gegen das Dach. Das war uns bisher bei keinem Fabrikat passiert; beim Clio war wohl die Dachkante etwas tiefer runtergezogen als bei anderen Autos. Dieses „Ein- und Aussteigproblem" wiederholte sich von nun an jeweils beim Benutzen des Wagens, allerdings ohne nochmal die Köpfe anzustoßen; wir mussten uns halt jedes Mal „den Hals verrenken". Davon abgesehen war der Wagen aber völlig in Ordnung. Wir saßen gut und bequem, mit genügend Kopffreiheit. Er ließ sich auch leicht fahren. Na ja, einen kleinen Nachteil hatte er doch noch. Bei leichten Berganstiegen, die er eigentlich locker im fünften Gang hätte schaffen sollen, ließ die Motorleistung spürbar nach, so dass ich recht früh runterschalten musste. Ich vermutete: „Entweder hat er relativ wenig PS oder ein Zylinder ist defekt." Wir hatten vor vielen Jahren selber einmal einen neuen Wagen, der „nicht richtig zog"; bei dem war eine Zündkerze nicht in Ordnung. „So ähnlich fühlt es sich bei dem hier auch an", stellte ich fest. Da auf der Insel max. 110 km/h, häufig weniger als Höchstgeschwindigkeiten vorgegeben waren, spielte die PS-Stärke keine Rolle. Gewöhnungsbedürftig war allerdings noch die Fahrweise der Einheimischen. Nur Touristen hielten sich anscheinend an Überholverbote und Geschwindigkeitsbegrenzungen.

4   Ankunft im Hotel

Die Fahrt vom Flughafen zum Hotel verlief dank Navi und fast autofreien Straßen völlig problemlos. Gegen 09:30 Uhr trafen wir dort ein. Da es „unter Schweizer Leitung" stand, wurden wir „auf Deutsch" begrüßt. Außerdem wurden sogleich gefüllte Sekt- und Saftgläser gereicht. So waren wir bisher in keinem Urlaubshotel empfangen worden. Und der Hotelchef schüttelte uns auch persönlich die Hand. Er stellte sich zwar nicht als Chef vor, aber ich erkannte ihn, weil ich mich an ein Foto von ihm auf den Internetseiten des Hotels erinnerte. Darauf angesprochen meinte er: „Da haben Sie mich jetzt wiedererkannt? Auf dem Foto bin ich doch zehn Jahre jünger." Ja, bei so lockerem Empfang war „der erste Eindruck" sehr positiv. Es gab eine ganz kleine Einschränkung: Wir erhielten ein „goldiges Armband", auf dem der Name des Hotels stand und wurden gebeten bzw. aufgefordert, dieses „Armband" konstant während des Aufenthaltes zu tragen. Wir hatten schon mal gehört, dass es so etwas in manchen Hotels zur Kennzeichnung von „All-Inclusive-Gästen" gäbe. Nun wurden wir mit solch einer „Kennzeichnungspflicht" konfrontiert. Sie behagte uns eigentlich nicht. Ich fragte den Hotelchef nach dem Sinn des Bandes. „Wir haben im Umfeld recht zahlreiche Villen, die an Urlauber vermietet werden. Die meinen oft, unsere Serviceangebote nutzen zu können. Meine Leute sollen deshalb die Berechtigten problemlos erkennen können, ohne sie fragen zu müssen. Das System hat sich bewährt." „Wir werden viel mit dem Mietwagen unterwegs, also nicht nur in der Anlage sein." „Wenn das Band Sie unterwegs stört, machen Sie es ab und lassen sich bei Rückkehr an der Rezeption ein neues aushändigen." „Was ist mit dem Band beim Duschen oder Schwimmen?" „Das ist aus Plastik, Wasser macht ihm nichts und Hautempfindlichkeiten sind mir bisher in keinem Fall gemeldet worden." „Na dann." Es stellte sich heraus, dass die Bänder aber doch einen Nachteil hatten: bei gelegentlichen Streicheleinheiten oder Umarmungen „kratzte" der Verschluss.

Die Internetfotos der Suite, die wir gebucht hatten, waren, anders als beim Chef, keine zehn Jahre alt, sondern aktuell. Sie entsprach dem Werbetext: „Frisch renoviert". Die neuen Möbel, die 48 qm Wohnfläche und die riesige Panoramaterrasse ließen sofort wohlige Urlaubsgefühle aufkommen. Vom dritten Stock des Hauptgebäudes aus hatten wir „Sicht bis aufs Meer", obwohl das etwa 200 Meter Luftlinie entfernt war und davor zahlreiche Bäume standen. Deren Grün war aber auch schön anzusehen.

Das gute Urlaubsgefühl änderte sich, als wir nach dem Auspacken der Koffer mal verschnaufen wollten. Im Wohnzimmer entdeckte Angelika an einer Wand eine „Ameisenstraße". Ich beruhigte sie: „Das melden wir jetzt der Rezeption, dann gehen wir mal erst durch die Hotelanlage, sehen uns dabei Restaurant, Tennisplätze, Swimmingpool und Mini-Golf-Anlage an." Alles machte bei dem Rundgang einen gepflegten, sauberen Eindruck. Erstaunlich groß war ein Bereich für „Biker"; es standen dort jede Menge Renn- und BMX-Räder und es gab eine Spezialwerkstatt. Beim Büro „Sportcenter" erkundigten wir uns, wieviel denn die Miete für einen Tennisplatz kostete. „15 Euro." „Muss man sich früh anmelden oder kann man sich auch kurzfristig entscheiden?" „Zurzeit erwarten wir hier hauptsächlich Biker, einer der vier Tennisplätze wird wahrscheinlich immer zur kurzfristigen Belegung frei sein." Wir waren gespannt, wie es sich auf „Kunstrasen mit eingestreutem Sand" spielen ließ.

Als wir wieder in die Suite kamen, stank es dort stark nach irgendeinem giftigen Spray, aber die Ameisen waren weg. Wir öffneten zum Lüften die Schiebetür zur Terrasse und ruhten uns mal erst auf der dort vorhandenen Sofagarnitur aus. Die Sonne schien, die Anreise war problemlos verlaufen, Hotel und Unterbringung machten einen guten Eindruck – ja, das war, trotz des Ameisenschocks, ein prima Urlaubsbeginn. Etwa eine halbe Stunde später war der Sprayduft im Zimmer verflogen.

5   Orosei

„Und was machen wir jetzt noch?" fragte meine Frau. „Wir fahren nach *Orosei*, schauen uns die Stadt an und gönnen uns Cappuccino und Eis." Angelika erkundigte sich bei der Rezeption, ob man uns für *Orosei* ein Café oder eine Eisdiele empfehlen könnte. „Das beste Eis gibt es direkt in der Stadtmitte an einer Kreuzung. Sie können das Café gar nicht verfehlen. In der Nähe gibt es auch mehrere kostenlose Parkplätze." Nach *Orosei* waren es elf Kilometer. Mehrere S-Kurven und lange gerade Strecken wechselten sich dabei ab. Wieder gab es während der Fahrt kaum Verkehr. Dazu passte es, dass wir in *Orosei* schnell einen kostenlosen Parkplatz fanden. Ich hatte mich zu Hause „schlau gemacht": weiße Streifen = freies Parken, blaue = Parkplatz mit Gebühr, gelbe = reserviert, für Hauseigentümer oder Behördenfahrzeuge.

Wie üblich hatte Angelika sofort ein erstes Anlaufziel: „Büro für Touristeninformation". Dort erhielt sie einen genaueren Stadtplan als der, den sie sich vorsorglich zu Hause schon hatte ausdrucken lassen. Wir stellten fest, dass sie bei „I" Glück mit der Öffnungszeit 10:00 bis 18:00

Uhr hatte. Alle Geschäfte, die wir sahen, hatten nämlich von 13:00 bis 16:00 Uhr „Mittagspause". So blieb es bei einem relativ kurzen Stadtrundgang, zumal ja auch der „Kaffeedurst" sein Recht forderte. Cappuccino und Eis waren in dem empfohlenen Café tatsächlich recht lecker. Das Wohlempfinden wurde noch dadurch unterstützt, dass die Preise deutlich niedriger als gewohnt waren. Im ersten Moment dachte ich beim Bezahlen, die Kassiererin hätte sich verrechnet. In Deutschland kostete eine Tasse Cappuccino derzeit etwa 2,50 €. Bei unserer „Kurz-Urlaubsreise" im vergangenen Herbst hatten wir in Kopenhagen für eine Tasse 6,50 € zahlen müssen, jetzt in *Orosei* 1,30 €. Auch die 0,90 € pro Eisballen waren günstig, zumal die Ballen ziemlich groß ausgefallen waren. „Das können wir uns dann ja wohl des Öfteren leisten", meinte Angelika fröhlich schmunzelnd. „Ja, aber nicht unbedingt hier", erwiderte ich. „Warum nicht?" „Die laute Radiomusik, die Lage direkt an der Kreuzung und die zahlreichen Gespräche an den Nachbartischen in italienischer Lautstärke sind nicht so ganz nach meinem Geschmack."

6   Im Hotelrestaurant

Zurück in der Suite wunderte ich mich über lautes Gurren von Tauben. Auf der Terrasse ging ich auf Suche und staunte: Direkt über der Schiebetür in einer Wandnische baute sich ein Taubenpaar ein Nest. „Was machen wir denn damit jetzt?" fragte meine Frau. „Das melden wir auch an der Rezeption. Ich vermute, die lassen das Nest beseitigen." „Die armen Vögel." „Na, zum einen haben wir hier sonst konstanten Taubenlärm und wahrscheinlich auch Taubenscheiße auf der Terrasse. Es wird ja noch nicht gebrütet. Die zwei können sich doch anderswo ihr Nest bauen."

Dann waren wir gespannt auf das „Abendessen-Buffet". Bei der Begrüßung am Vormittag war uns gesagt worden: „Hier ist eine Karte mit Ihrer Zimmernummer und dem Vermerk, dass Sie Halbpension gebucht haben. Die zeigen sie heute Abend einem Ober. Er wird Ihnen einen Tisch zuweisen, den Sie dann während Ihres Aufenthaltes bitte immer nutzen." Abendessenszeit war von 19:00 bis 21:00 Uhr. Wir gingen gegen 19:15 Uhr zum Restaurant. Dort wunderten wir uns ein wenig, dass eine Hälfte des Raumes schon ziemlich voll, die andere Hälfte kaum besetzt war. Der Ober, der uns begrüßte, fragte auf Deutsch: „Gehören Sie zu den Bikern?" „Nein." Daraufhin wurden wir von ihm in den fast leeren Teil des Saales geführt und erhielten einen Zweiertisch zugewiesen. Am Nebentisch saßen zwei Frauen; es waren auch Deutsche. Spontan fand Angelika unseren Platz nicht ganz optimal, weil wir „an einem Gang" saßen, sie lieber eine Wand im Rücken hätte, so dass sie den Raum im Überblick behalten konnte. In der Tischreihe an der Wand gab es nur zwei Achtertische, die Zweiertische standen ausschließlich in „unserer" Reihe. Beim Frühstück und Abendessen an den nächsten Tagen ergaben sich aber jeweils nette Gespräche mit unseren Tischnachbarinnen; sie glichen den „Nachteil des Gang-Sitzplatz" aus. Er hatte außerdem den Vorteil, dass wir ganz bequem und auf kurzem Wege zum Buffet im anderen Saal kamen. Dort verteilten sich die Hungrigen „in einer Kreisbewegung". In der Mitte des Raumes wurden Fleisch oder Fisch, morgens Spiegeleier oder Rührei zubereitet. Alles „was das Herz begehrte" bzw. der Magen, stand im Karree so an den Wänden, dass sich „Häppchenjäger" und „Fisch-/Fleisch-/Eierholer" nicht in die Quere kamen. Und wenn alle in dieselbe Richtung marschierten, gab es nur selten Stau. Leider gab es aber auch „Geistergeher", die dann „Verkehrsbehinderungen" verursachten. In den Hotelbewertungen, die ich vor der Buchung im Internet gelesen hatte, war das Essensangebot mehrmals gelobt worden – jetzt fanden wir die gute Benotung bestätigt. Sie galt ganz besonders für das Dessertangebot - zum Leidwesen meines Gewichtes.

Es gab eine Einschränkung unserer guten Beurteilung: der Rotwein, den wir bestellten, war schmackhaft, aber nicht nur beim Trinken, sondern auch beim Preis. Wir bestellten „zum Durstlöschen Wasser ohne Kohlensäure". Den Ober fragten wir, ob die halb geleerte Weinflasche für den nächsten Abend reserviert oder mit aufs Zimmer genommen werden könnte. „Das ist beides möglich." Erwähnt werden muss in diesem Zusammenhang, dass in dem Hotel „alles Bestellte grundsätzlich immer nur aufs Zimmer berechnet" wurde. „Bei uns gibt es überhaupt keinen Bargeldverkehr, egal, ob Sie beim Abendessen Wein bestellen, Tennisplätze buchen, Ansichtskarten kaufen oder den Abend in unserer Hotelbar ausklingen lassen. Abgerechnet wird erst zum Schluss, wenn Sie auschecken", hatte der Hotelchef allen Gästen gesagt. Wir entschieden: „Heute nehmen wir die Flasche mit aufs Zimmer, morgen suchen wir für den Zimmerverbrauch Wein und Wasser in einem Supermarkt."

7   Erste Aktivitäten

Da wir ja seit 03:35 Uhr wach waren, gingen wir an dem Abend früh ins Bett. Na ja, die Samstag-Sportergebnisse aus Deutschland musste ich zuvor natürlich erst noch per Videotext im Fernseher abrufen. Es gab 30 Programme, dabei als deutsche Sender ARD, ZDF, RTL und SAT 1. Das reichte doch allemal für die „Urlaubsunterhaltung" am Abend.

Sonntag buchten wir „von 10:00 bis 11:00 Uhr Tennis". „Benötigen Sie nur den Platz oder auch Schläger und Bälle?" „Danke, nur den Platz." „Hier ist der Schlüssel für Platz 2 – viel Vergnügen!" Dieser Wunsch ging aber leider nicht in Erfüllung. Zunächst einmal sprangen auf dem Kunstrasenplatz die Bälle völlig anders als wir es gewohnt waren. Die ersten 15 Minuten standen wir oft „falsch zum Ball"; man hätte uns für Anfänger halten können. Da wir das ja nicht waren, lernten wir so allmählich, wie man sich anders bewegen und stellen musste. Aber auch dann kam keine Spielfreude auf – der Wind hatte zugenommen und beeinflusste das Ballverhalten. Nach der Stunde waren wir uns einig: „Mit den Platzverhältnissen kommen wir irgendwie klar, aber bei solchem Wind spielen wir nicht nochmal."

Von 11:30 bis 12:00 Uhr fand eine „offizielle Begrüßung" der Gäste durch den Chef statt. Er stellte sein Team vor, so dass man nun wusste, wer Chefkoch, Oberkellner und Patissière war.

Anschließend gab es ein „Quad-Testfahr-Angebot". Na, das mussten wir doch nutzen. Mir als Fahrer wurde gezeigt, dass mit dem rechten Daumen per Druck auf einen Hebel „Gas" gegeben und mit der linken Hand durch Ziehen eines Hebels gebremst werden konnte. Mehr musste man, wenn man lenken konnte, nicht wissen. Auf den eigentlich notwendigen Helm wurde bei der Testfahrt allerdings verzichtet. Der „Quad-Leiter" fuhr voraus, zunächst eine Strecke im Hotelgelände, dann etwa 2 km auf etwas holpriger Straße. Angelika saß hinter mir, hielt mich fest umschlungen, jauchzte mal fröhlich und kreischte mal ängstlich. Als ich spürbar beschleunigte und rief: „Jetzt überhole ich den Leiter", wurde ich von ihr per lautem „Nein!!!" ausgebremst. Diese Testfahrt war durchaus interessant gewesen, aber mit dem Quad eine der angebotenen Tagestouren zu machen, kam für uns nicht in Betracht. Zum einen hatten wir den Mietwagen, zum anderen vermutetet ich: „Die ganze Zeit mit dem Daumen Gas geben, das wird ihm wohl schmerzhaft nicht gefallen."

Nachmittags fuhren wir wieder nach *Orosei*. Unsere Hoffnung, dass Supermärkte sonntags geöffnet wären, bestätigte sich. Wir fanden einen, der offensichtlich noch ziemlich neu, dementsprechend „groß, sauber und gut bestückt" war. Wir fanden dort auch den Wein, den wir am Abend zuvor im Hotel bestellt hatten. Statt der über 20 € kostete die Flasche hier nur 7,90 €. Beim anschließenden

Bummel durch *Orosei* sahen wir ein Eiscafé, das an einer ruhigeren Nebenstraße lag. Auch das Radio dort war leiser eingestellt als im Café an der Kreuzung. Da nur wenige andere Gäste anwesend waren und die sich nicht italienisch laut unterhielten, fühlten wir uns sofort wohl. Das Wohlbefinden wurde gesteigert, als wir feststellten, dass Eis und Cappuccino noch besser als im anderen Café waren. „Hier werden wir wohl öfter sein", waren wir uns wieder einig.

Auf der Rückfahrt bemerkte ich an einem Wagen vor uns, dass „am linken Vorderrad bei dem was nicht in Ordnung" war. Dort hing irgendetwas lose runter. „Halt ja genügend Abstand und überhol den nicht", sagte Angelika besorgt. Ich überlegte kurz, ob ich „mit italienischer Fahrweise" zügig überholen sollte, entschied mich dann aber für die Vorgabe meiner Frau: „Fahr vorsichtig, wir biegen doch gleich Richtung Hotel von der Straße ab." Tja, das machte der Fahrer des Wagens vor uns aber auch; er fuhr ebenfalls zu „unserer" Hotelanlage. Als er dort in der Nähe parkte, hielt ich an und informierte ihn über meine Beobachtung. Er war Italiener, verstand mich aber und erwiderte: „Ja, ja, ich weiß, der Rad da vorne ist krank."

8   Grottenbesuch

Am Montag war der Himmel nicht mehr strahlendblau, sondern „bewölkt". Da bot sich eine erste „Inselfahrt" an. Als ein lohnendes Touristenziel war in einem Sardinien-Buch beschrieben: *„Grotta di Bue Marino*, 4 km südlich von *Cala Gonone*, die Höhle kann auf einem 1 km langen Fußweg begangen werden, zahlreiche Motorboote fahren mehrmals täglich von *Cala Gonone* zur Grotte".

Vom Hotel bis *Cala Gonone* berechnete das Navi eine Fahrzeit von etwa 1 ½ Stunden. Die Fahrt ging zunächst auf schon bekanntem Weg nach *Orosei*, von dort weiter nach *Dorgali*. Zu dem Ort hieß es in dem Sardinien-Buch: „…lebt heute zunehmend von hübschem Kunsthandwerk. In zahlreichen Läden werden dort Keramik, Teppiche, Stickereien sowie Schmuck angeboten…" Es bot sich also ein Zwischenstopp an. Nach einem Bummel durch das Ortszentrum lautete unser Urteil: „Nette Sachen, aber nichts Außergewöhnliches, ein längerer Aufenthalt lohnt nicht."

Landschaftlich und auch fahrerisch interessant verlief dann die Strecke nach *Cala Gonone*. Zunächst ging sie durch einen ca. 500 Meter langen Tunnel, dann über Serpentinen mit zum Teil recht spitzen Kurven knapp zehn Kilometer bergab zum Meer. Es waren dabei rund 500 Höhenmeter zu meistern. An zahlreichen Stellen gab es „schöne Aussichten". Die konnte hauptsächlich Angelika genießen, ich musste mich ja aufs Fahren konzentrieren.

Gegen 11:15 Uhr fand ich einen Parkplatz in der Nähe der Bootsanlagestelle; allerdings war er gebührenpflichtig. „Ich erkundige mich mal erst, wie lange Bootsfahrt und Grottenbesichtigung dauern, damit wir hier die richtige Parkzeit wählen können", sagte ich und ging zum Kiosk für den Kartenverkauf. Auf einer Gebührentafel stand: „Grottentour 18 € / Erwachsene". Na ja, vier km hin und zurück mit dem Schiff, dabei Sicht auf die Steilküste vom Boot aus, Grottenbesichtigung – das kostet halt was. „Da wir nun schon mal hier sind, werde ich die 36 € zahlen, bin gespannt, welche Parkgebühren noch hinzukommen", dachte ich. Dann bekam ich zu hören: „Das Schiff ist um 11:00 Uhr abgefahren. Das nächste fährt um 15:00 Uhr." Tja, so viel zum Thema: „Zahlreiche Motorboote fahren mehrmals täglich von *Cala Gonone* zur Grotte..." Die kostengünstige Vorsaisonzeit hatte eben auch Nachteile.

Na ja, andererseits hatte ich soeben kostengünstig 36 € + Parkgebühren gespart.

Meine Frau hatte sogleich die Idee für eine Alternative: „Gar nicht so weit von hier gibt es irgendwo im Gebirge eine sehenswerte Grotte, Moment ich suche das mal eben in dem Buch." Nach kurzer Zeit fand sie: „Die *Grotta di Ispinigoli*, zwischen *Orosei* und *Dorgali* gelegen, besitzt zahlreiche rötliche Stalagmiten und Stalagtiten, darunter die größte Säule Europas." Unsere Fahrt ging also zurück nach *Dorgali* und weiter Richtung *Orosei*, nun allerdings auf einer anderen Straße als auf der Hinfahrt. „Etwa auf der Hälfte dieser Strecke, also hier jetzt irgendwo, muss das sein. Fahr langsam, wir müssen auf Hinweisschilder achten", bekam ich die Rallye-Beifahrerin-Ansage. Und tatsächlich wies nur zwei Minuten später ein Schild „rechts ab" zur Grotte. Die Information, sie läge im Gebirge, stimmte; es ging nun etwa zehn Autominuten bergauf. Die Straße endete dann an einem Parkplatz, von dem aus viele Treppen hinauf zum Eingang der Grotte führten.

Als wir aus dem Wagen stiegen, um uns auf den Weg zu machen, kam eine Gruppe Besucher die Treppen herab. Der erste der Gruppe, in Motorradkleidung, sprach uns auf Deutsch an: „Sie kommen entweder zu spät oder aber zu früh, je nachdem, wie Sie es nun bewerten. Wir haben soeben um 13:00 Uhr die letzte Führung erhalten, die nächste gibt es erst um 15:00 Uhr." Es war 13:20 Uhr.

Wir setzten uns ins Auto und „dachten nach". Irgendwie mussten wir unsere Stimmung, die auf den „Nullpunkt" gesunken war, wieder in die Höhe bekommen. Das gelang mir mit folgendem Vorschlag: „Wir sind doch nicht mehr weit von *Orosei* entfernt. Dorthin fahren wir jetzt und gehen zu dem Café, in dem wir gestern gewesen sind. Das wird ja hoffentlich heute nicht auch noch geschlossen haben." „Den leckeren Cappuccino da kann ich jetzt wirklich gut gebrauchen." „Das Eis zum Abkühlen auch!"

Beides musste jedoch noch etwas länger auf uns warten; denn unterwegs kamen wir zu einem riesigen Steinbruch, der einen so faszinierenden Eindruck auf uns machte, dass wir anhielten und ausstiegen, um zu fotografieren. Ich war unsicher, ob das überhaupt erlaubt war, sah aber nirgendwo ein Verbotsschild. Drei Bagger, mit denen an verschiedenen Stellen gearbeitet wurde, erschienen vor riesigen Steinplatten wie Spielzeuge.

Das Fotografieren wurde aber prompt bestraft. Als wir ins Auto stiegen, stellten wir fest, dass unsere Schuhe „total eingestaubt" waren und auf dem neuen Teppichboden im Clio Spuren hinterließen.

In *Orosei* fanden wir in der Nähe des Eiscafés, das „an einer Nebenstraße" lag, einen kostenfreien Parkplatz. Mit leckerem Eis und Cappuccino wurde der Ärger über die Fehlversuche, Grotten zu besuchen, hinuntergespült. So aufgemuntert wurde beschlossen: „Wir fahren nochmal zu der Grotte im Gebirge. Die größte Säule Europas wollen wir doch gesehen haben."

Kurz vor 15:00 Uhr standen wir zusammen mit sieben weiteren Interessenten am Kassenhaus der *Grotta di Ispinigoli*. Wir lernten, dass zwar pünktlich geschlossen, aber nicht pünktlich geöffnet wurde. Na, immerhin konnte man „da oben" einen herrlichen Rundblick genießen. Als die Kassiererin kam, gab es zunächst einmal ein Problem. Der Eintritt kostete 7,50 € pro Person. Ein Ehepaar mit Kind wollte als erste die Eintrittskarten kaufen und mit einem 50 €-Schein bezahlen. Die Kassiererin hatte jedoch kein passendes Wechselgeld. Es entwickelte sich, auf Deutsch, eine Diskussion: „So kann ich Sie hier leider nicht reinlassen." „Es ist doch nicht unser Problem, dass Sie kein Wechselgeld haben." „Heute Vormittag hatte ich genug dabei, aber viele kamen, wie Sie, mit großen Scheinen." „Das rechtfertigt nicht, dass Sie jetzt kein Wechselgeld haben." „Ich habe nun mal eben keines." Ein anderes Paar und wir vermittelten dann: „Wir haben das Geld passend. Wenn Sie uns die Karten kaufen lassen, ist vielleicht genug Wechselgeld vorhanden." Inzwischen war auch die „Grottenführerin" eingetroffen. Sie war anschließend bemüht, die eingetretene Verspätung wieder gut zu machen. Beinahe ohne Luft zu holen trug sie den einstudierten Text auf Englisch vor. Dabei störte die italienische Aussprache so, dass man den Text nicht oder nur schwer verstehen konnte. Da war es gut, dass es zuvor an der Kasse einen Kurztext in deutscher Sprache gegeben hatte; der genügte völlig. Allerdings ohne die Führerin hätte sich die Gruppe wahrscheinlich beim Rundgang - 250 Treppen abwärts, entsprechend später wieder hinauf – viel mehr Zeit zum Bewundern der Grotte gelassen. Die „größte Säule Europas" war durchaus beeindruckend. Leider bestand in der Grotte absolutes Fotografier-Verbot. Auf Nachfrage hieß es: „Ja, auch ohne Blitzlicht! Manche vergessen eben doch, das Blitzlicht auszuschalten und dann werden die hier lebenden Fledermäuse zu sehr gestört." Zur Bestätigung flog genau in dem Moment ein Exemplar über unsere Köpfe. Als die Besucher sich vom Treppensteigen erholen und nochmal in Ruhe von oben den Blick in die Grotte genießen wollten, wurde das Licht ausgemacht und alle standen im Dunkeln. Die Hoffnung, nun würden als Highlight abschließend noch besondere Lichteffekte erzeugt, trog. Die hastende Führerin stand am

Ausgang und erklärte den Besuch für beendet. So hatten wir zwar „noch was erlebt", aber zufrieden waren wir damit nicht. „Nur gut, dass Eis und Cappuccino zuvor wieder lecker waren", resümierte ich.

Für die Rückfahrt zum Hotel verzichtete ich aufs Navi. Bei der Bergabfahrt von der Grotte bog ich kurz entschlossen in eine kleine Straße ein. „Da stand aber kein Wegweiser", stellte Angelika fest. „Die Richtung stimmt und solch kleine Nebenstraßen sind doch oft interessanter als die Hauptstraßen", erwiderte ich. Und schon bald fühlte ich mich bestätigt: herrlich bunte Felder, Schafherden, auch mal ein paar grasende Pferde, tolle Fernsichten auf Gebirge, einsames Fahren - das war schön! Wir fuhren etwa zehn Kilometer durch „sardische Natur". Dann kamen wir plötzlich, unmittelbar nach einer Linkskurve, an einen „unberührten Strand mit Blick aufs Meer" - da endete die Straße. Wir sahen uns an und lachten. „Mit Navi wäre das nicht passiert", meinte meine Frau. „Aber dann hätten wir diese schöne Fahrt nicht erlebt. Jetzt können wir sogar nochmal zehn Kilometer reine Natur genießen."

9   Spaziergang, Tennis, Terrasse

Am Dienstag war das Wetter wieder schön, strahlend blauer Himmel, kaum Wind, morgens schon 16 Grad. Nach der Fahrerei am Vortag sollte es heute erholsamer sein. Gegen 10:00 Uhr starteten wir einen Spaziergang. Zunächst gingen wir die Straße, die zum Hotel führte, „mal ein Stück weiter in Richtung der Villen". Ja, dort standen tolle Häuser, die meisten jedoch derzeit unbenutzt. Bei einigen lasen wir „zu verkaufen" oder „zu vermieten". Nach etwa 30 Minuten folgten wir einem Schild „Zum Strand". Der Blick, der sich dann „aufs Meer und die Küste" ergab, war beeindruckend.

„Schön ist es hier!" stellten wir übereinstimmend fest. Der Weg zurück am Strand entlang, über Felsklippen und durchs Gebüsch war „abenteuerlich", dauerte fast eine Stunde. Einige Male näherten wir uns von der Meeresseite aus großen Villengeländen und wurden dort jeweils von kräftigem Hundegebell (Schäferhunde, Dobermänner, Boxer) „vertrieben". Wir sagten den Kläffern zwar, dass wir gar nichts von ihnen und den Grundstücken wollten, aber sie bellten einfach weiter. Vermutlich verstanden sie kein Deutsch, auch die Schäferhunde nicht. Beruhigt stellten wir fest, dass einige angeleint oder sogar angekettet waren.

Von 14:00 bis 15:30 Uhr spielten wir Tennis. Das gelang dieses Mal deutlich besser als am Sonntag. Zum einen hatten wir uns auf das „Ballsprungverhalten" eingestellt, zum anderen war es heute fast windstill. Ein Problem hatte es allerdings bei der Buchung gegeben: „1 ½ Stunden kennt das System nicht." Wir lösten dieses EDV-Problem, indem wir für Donnerstag nochmal 1 ½ Stunden buchten, so dass „glatte 3 Stunden" berechnet werden konnten.

An dem Dienstag gab es nach dem Tennis und Duschen „Ruhezeit" auf der riesigen Suite-Terrasse; die musste ja auch mal genutzt werden. Es wurde aber nicht geschlafen, was vermutlich „sonnenbrandgefährdend" gewesen wäre, sondern gerätselt, gelesen und geschrieben.

An der Rezeption hatte ich Postkarten gekauft, auf denen die Hotelanlage „mitten im Grünen und nah zum Meer" zu sehen war. So würden die Empfänger einen Eindruck davon bekommen, wo wir im Urlaub waren.

10   Olbia, Costa Smeralda, San Teodoro

Mittwoch war für uns wieder ein „Inselerkundungstag".
Zunächst fuhren wir nach *Olbia*. Dabei achteten wir
darauf, wo vor der Abfahrt „Flughafen" denn die letzte
Tankstelle war, da wir bei Urlaubsende den Mietwagen
„voll betankt" zurückgeben wollten, um Servicekosten zu
sparen. Ich registrierte: „Etwa 10 km vor dem Flughafen
ist eine Tankstelle."

Im Sardinien-Buch stand: „Kostenfreie Parkplätze finden
Sie in *Olbia* am Hafen. Von dort führt eine Prachtstraße
ins Zentrum." Hafen und Parkplatz fanden wir problemlos.
Die Straße zum Zentrum bewerteten wir aber nicht als
„prächtig". Auffällig war das hohe Verkehrsaufkommen.
Es wurde gedrängelt, gehupt, im Stau gestanden. Gut, es
waren einige ältere, mondäne Häuser zu sehen, aber
ansonsten zogen wir es vor, auf kleineren Straßen zum
Zentrum zu kommen. Wir bummelten einige Zeit durch
die Altstadt, fanden dort jedoch nichts Besonderes, auch
kein touristenattraktives „Altstadtflair". Als wir dann an
einem Postgebäude vorbeikamen, stellte ich fest: „Mist,
wir haben die Postkarten vergessen."

Auf dem Rückweg zum Parkplatz sahen wir doch noch etwas Ungewöhnliches. Eine lange Mauer war mit vier großen Bildern verziert, die uns alle gefielen, hier ein Beispiel:

„Hauptziel" des heutigen Tages war die *Costa Smeralda* und dort der Ort *Porto Cervo*, laut Sardinien-Buch „das geschäftige Centrum der *Costa Smeralda*. Zitat aus dem Buch: „1962 entdeckte Karim Aga Khan IV. den nur als Weideland für Schafe genutzten Küstenstreifen im Nordosten Sardiniens. Im selben Jahr gründete das geschäftstüchtige Oberhaupt der Ismaeliten zusammen mit Patrick Guiness (Bierproduzent) und internationalen

Banken das Consorzio Costa Smeralda mit Sitz in *Porto Cervo* … Es entstanden ein Jachthafen, Luxushotels, Luxusvillen, ein Golfplatz und für Aga Khan ein Palast … 1994 verkaufte er Anteile … Zu den Hauseigentümern gehören Armani, Berlusconi, Naomi Campbell, Pirelli …"

Jedenfalls war es eine „Gegend für den Jet-Set" - die wollten wir uns ansehen, darauf gefasst, dass wir mit unserem Clio-Mietwagen wohl als „Under-Dog" auffallen würden. Ich hatte in dem Sardinien-Buch aber Wichtiges überlesen: „*Porto Cervo* ist im Juli und August Treffpunkt für Stars und Sternchen." Am Mittwoch, dem 20.04.2016, fielen wir dort nicht wegen des Clio-Mietwagens auf, sondern wir selber als einsame Spaziergänger. In *Porto Cervo* war „tote Hose", absolut nichts los, mal abgesehen von ein paar wenigen Handwerksarbeiten. Zwar reihte sich ein teures Geschäft an das andere, aber kein einziges hatte geöffnet, auch kein Café. Tja, nicht nur Grotten sind in der Vorsaison überwiegend geschlossen. Als ich dieses „Erlebnis" später einem Tenniskollegen erzählte, meinte er: „Da sind Dir doch Luxusausgaben erspart geblieben." Na, wir wollten doch sowieso nur schauen.

Dann lernten wir zumindest die „besondere Schönheit der *Costa Smeralda"* kennen. Laut Sardinien-Buch sollte die Küstenstraße bei Berg- und Talfahrten „phantastische Blicke auf Meer und Gebirge" gewährleisten. Allerdings stand dort auch, die Strecke würde wegen der vielen Serpentinen etwa 2 ½ Stunden dauern. Das wollte ich mir als Fahrer dann doch nicht antun. Wir entschieden uns für eine „normale" Straße Richtung *Olbia*. Die Fahrt dauerte 1 ¼ Stunden. Dabei gab es, wie sich herausstellte, auch Berg- und Talstrecken mit sehr schönen Ausblicken. Wir erhielten durchaus einen bewundernswerten Eindruck von der *Costa Smeralda* und konnten nachvollziehen, warum sie ein „Küstenstreifen der Reichen" geworden war.

Wir fuhren an *Olbia* vorbei und machten Halt in *San Teodoro*. Zeitlich waren dort Cappuccino und Eis fällig. Ja, sie schmeckten, aber nicht so gut wie im Café an der Nebenstraße in *Orosei*. Besser als dort gefiel uns aber der Stadtbummel. Die Entwicklung vom einstigen Fischerdorf zum nun attraktiven Touristenort war gut gelungen. Es gab mehrere kleine Hotels, Restaurants, Pizzerien, Cafés, Souvenirläden und einen Supermarkt, die alle „ins Stadtbild passten".

Verbesserungsbedürftig war vielleicht das „Marketing"; denn über den Ort gab es nur wenige Informationen. Uns gefielen mehrere große Gemälde an einer Wand des Supermarktes, zum Beispiel dieses:

11   Minigolf

Für Donnerstag hatten wir ja wieder 1 ½ Stunden Tennis gebucht. Die verliefen „besser als beim ersten, nicht ganz so gut wie beim zweiten Mal." Zwar kannten wir nun den Platzbelag und seine Besonderheiten, aber leider war es heute erneut „zu windig" für gutes Spielen. Als „Übung für die Saison" war es so vielleicht jedoch durchaus sinnvoll. Immerhin konnten wir hier Tennis spielen.

Der Wetterbericht für Deutschland hatte Temperaturen „um die 5 Grad" mit Schneefällen bis in 300 Meter Höhe, örtlich bis in tiefere Ebenen angekündigt. Da hatten wir es auf Sardinien mit ca. 15 Grad doch noch relativ warm. Der Hotelchef war allerdings unzufrieden: „Im Januar war es hier wärmer als jetzt. Das hat zusätzlich zur Folge, dass unliebsames Getier, wie Ameisen oder Schaben, sich in der warmen Zeit wohlgefühlt und viermal so viel wie sonst im Winter üblich vermehrt hat. Das bereitet uns ziemliche Probleme. Kälte im Januar und über 20 Grad im April wären doch für alle sinnvoller."

Ich überredete Angelika zu einer weiteren Sportaktivität: Minigolf. Das Hotel hatte eine besondere Anlage. Sie verfügte über 12 Bahnen, die mit einem besonderen Kunstrasen schön gestaltet waren. Dabei gab es, wie beim Golf, auch „Bunker". Die Bahnen waren völlig anders geformt als übliche Minigolfbahnen, glichen irgendwie, in klein, Golfstrecken. Die Hindernisse waren ungewohnt, damit durchaus interessant. Schläger und Bälle gab es an der Rezeption. 90 Spielminuten kosteten 3,00 €. Es zeigte sich, dass man in der Zeit zwei Runden schaffte. Für die zwölf Löcher waren 32 Schläge als „Par" vorgegeben. Ich schaffte die erste Runde mit 34 Schlägen; damit war ich, da die Bahn ja „neu" für uns war, recht zufrieden. Angelika benötigte 38 Schläge; das war für sie auch in Ordnung.

Bei der zweiten Runde wollte ich mich natürlich verbessern, verkrampfte und hatte schließlich 39 Schläge benötigt. Angelika hingegen hatte „Spaß am Spiel" gefunden, spielte ganz locker und lachte freudig über erfolgreiches Einlochen. Sie schaffte die Runde mit 31 Schlägen – besser als „Par" und 8 Schläge weniger als ich!

Nachdem ich das „verkraftet", mich mit Cappuccino und Eis aufgemuntert hatte, gingen wir spazieren, dieses Mal, im Vergleich zum Dienstag, am Strand „in die andere Richtung". Irgendwie hatten wir dabei ein „déjà vu" – es gab schöne Blicke aufs Meer und auf die Küste, Wege über Felsklippen und durch Büsche sowie Hundegebell, wenn wir uns Grundstücken zu sehr näherten. Schließlich kamen wir an eine Stelle, an der es recht steil nach unten ging. Wir wollten kein Verletzungsrisiko eingehen und kehrten um. Die restliche Zeit bis zum Abendessen wurde risikofrei auf der Terrasse verbracht.

12   Cagliari

Am Freitag starteten wir die „große Inseltour" nach *Cagliari*. Zu Hause am PC hatte mir ein Tourenrechner dafür eine Fahrzeit von 2:45 Stunden ausgerechnet. Der Hotelchef riet uns: „Nehmen Sie die Autobahn Richtung *Cagliari*, sonst dauert die Fahrt zu lange." Als ich nun die Strecke am Freitag ins Navi eingab, wurde gemeldet: 3:25 Stunden. Es leitete uns durchaus zur Autobahn, aber die war dann nach etwa 15 Minuten Fahrt „gesperrt". Es ging 30 Kilometer über eine Landstraße – aha, deshalb hatte das Navi eine längere Fahrzeit als der Tourenplaner im PC errechnet. Was das Navi aber vermutlich nicht wusste: Auf der Landstraße war ein sehr schwerer Unfall passiert; es gab einen zusätzlichen Stau. Polizei regelte den Verkehr. Der am Straßenrand liegende Wagen sah so aus, als ob er sich überschlagen hatte. „Wer darin war, wird vielleicht nicht überlebt haben", meinte Angelika. Solch ein Bild schockte natürlich, so dass anschließend mal erst vorschriftsmäßig gefahren wurde. Die längere Fahrzeit wurde unbedeutend.

Im Sardinien-Buch stand: „In *Cagliari* herrscht ständig ein Verkehrschaos. Es gibt relativ wenige Parkplätze und die sind recht teuer." Nach einigem Hin- und Herfahren in der Nähe des Hafens fanden wir zufällig die Tiefgarage eines großen Kaufhauses, dort konnten wir kostenlos parken.

Angelika hatte natürlich eine „Wunschliste" vorbereitet. Ihr, also unser erstes Ziel war dementsprechend der „Botanische Garten". Ja, der Rundgang dort war durchaus schön, aber wohl doch zu früh im Jahr; es blühte zu wenig. Ein paar „Erinnerungsfotos" wurden jedoch gemacht.

Das zweite Ziel lautete: „Nationalmuseum". Wir fragten nach dem Weg dorthin und erhielten die Richtung gezeigt. Die ging „bergauf", reichlich steil. Dabei kamen wir an einem „Römischen Amphitheater" vorbei – eine riesige Anlage, die auch aktuell für Aufführungen genutzt wurde. Es waren von der Straße aus Eingangstore und moderne Sitzreihen zu sehen. Weiter ging es bergauf. Auf der Kuppe sahen wir ein großes Gebäude mit leicht wehenden Fahnen davor. „Das könnte das Nationalmuseum sein", sprachen wir uns Mut zu. Dort angekommen lasen wir: „Universität". „Das Museum muss aber hier in der Nähe irgendwo sein", äußerte Angelika. Sie hatte sich über dessen Lage ja vorab informiert. Wir sahen ein weiteres Gebäude mit Flaggen davor. Dort angekommen lasen wir: „Universitätsklinik". Zweimal fragten wir Passanten nach dem Museum, erhielten „Schulterzucken" zur Antwort. Angelika wollte schon aufgeben, aber ich meinte: „Du bist Dir doch eigentlich sicher, dass es hier irgendwo sein muss, also finden wir es auch." Angelika sprach eine Italienerin auf Englisch an. Sie erwiderte auf Englisch: „Kommen Sie, ich zeige Ihnen den Weg!" Sie ging etwa 150 Meter mit uns zurück Richtung Uni und zeigte dann:

„Dort an dem Gebäude müssen Sie rechts vorbei, der Straße ein Stück nach, links herum, der Straße nach, auf der nächsten Kuppe werden Sie ein Hinweisschild sehen." „Mille grazie!" „Have a nice day!" Es ging wieder recht steil bergauf. Der Weg zog sich weiter als gedacht. Wir legten eine Verschnaufpause ein und genossen den Blick von oben auf *Cagliari*. Nach weiteren zehn Minuten Anstieg hatten wir es endlich geschafft. Na, ob sich diese Mühe gelohnt hatte? Meine größte Sorge war zunächst noch, dass das Museum eventuell von 13:00 bis 15:00 Uhr geschlossen wäre. „Laut Buch ist es durchgehend von 10:00 bis 18:00 Uhr geöffnet", sagte Angelika. „Ja, aber gilt das auch in der Vorsaison?" blieb ich skeptisch. Nun, es war ein Museum, keine Grotte – es war geöffnet.

Der Hotelchef hatte uns empfohlen: „Fragen Sie immer, ob der Eintritt für Senioren frei oder reduziert ist; das ist in Italien häufig der Fall." Der Tipp war zwar gut, aber im Museum erhielten wir keinen Rabatt. „Was gibt es hier eigentlich Besonderes zu sehen?" fragte ich meine Frau. „Ausgrabungen der *Nuragher*!" „Aha, und wer waren die?" „Laut Ausgrabungsfunden lebten sie seit dem 14. Jahrhundert vor Christi, der Bronzezeit, auf Sardinien und betrieben wohl ab dem 16. Jahrhundert vor Christi Handel. Es gibt Funde mit mykenischer und phönizischer Kultur. Besonders schön sollen gefundene Bronzefiguren sein." Das fanden wir dann bei unserem Rundgang, der etwa eine Stunde dauerte, voll bestätigt. Angelika war begeistert von den Ausstellungsstücken. „Gut, dass Du mich überredet hast, bei Suche nach dem Museum nicht aufzugeben und wir den Schweißgang auf uns genommen haben. Hat es Dir auch gefallen?" „Na ja, bei einem Museum hatte ich eigentlich Gemälde erwartet, aber die Bronzefiguren waren sehenswert."

Beim Abstieg durch enge Gassen der Altstadt ließen wir uns Zeit. Auch dabei gab es noch „Sehenswertes". Blumengeschmückte Fassaden, verfallene sowie bunt renovierte Häuser und natürlich die hoch über den Köpfen von Balkon zu Balkon hängende Wäsche zum Trocknen ergaben bunte Bilder. Alte Türen mit besonderen Verzierungen beeindruckten uns.

Angelika hatte zwar für *Cagliari* noch weitere „Ziele" notiert, aber wir waren von der Fahrt, dem mühsamen Anstieg zum Museum und dem Schlendern durch die Altstadtgassen „geschafft". Um genug Energie für die Rückfahrt zu haben, gab es in der Nähe des Hafens noch

Eis und Cappuccino. Na ja, beides schmeckte nicht so gut wie in „unserem" Café in *Orosei* und die Preise hier entsprachen Großstadtniveau, aber die Sitzpause tat uns gut. Erfreulich war dann, dass die Rückfahrt zügig verlief. Es gab keine Straßensperrung, keinen Stau, keine Geschwindigkeitskontrolle – nach nur 2 ½ Stunden Fahrzeit waren wir im Hotel. Sechs Stunden Fahrt, vier Stunden „Rumlaufen" und am Abend noch zwei Gläser Rotwein sorgten für eine selige Bettschwere.

13   Autowäsche

Der Wettergott meinte wohl auch, dass wir eine Pause nötig hätten – am Samstag regnete es bis mittags. Als wir dann zum Auto kamen, um nach *Orosei* zum „15:00 Uhr Eis und Capuccino" zu fahren, fanden wir den Clio total verschmiert vor. An den Tagen zuvor war sehr viel Blütenstaub durch die Luft geflogen. Er hatte natürlich auch parkende Autos eingestaubt. Der Regen war nicht stark genug gewesen, um die Autos zu reinigen, so dass sie dreckig aussahen. Wir fragten an der Rezeption, wo es denn eine Autowaschanlage gäbe. „An der Tankstelle am Ortsausgang von *Orosei*, die kann man fast immer selber durch Geldeinwurf betätigen." Na, wir wollten ja sowieso nach *Orosei* fahren, also suchten wir dort die Tankstelle. Wir fanden sie und sahen, dass die Waschanlage in Betrieb war. Andere Autobesitzer hatten offensichtlich auch das Blütenstaub-Reinigungsbedürfnis. Als ich an der Reihe war, parkte ich den Clio zunächst exakt unter den Reinigungsbürsten. Dann bekam ich ein Problem: Die Beschreibung am Geldautomaten war auf Italienisch. Der Tankwart hatte jedoch meine Verunsicherung im Blick und kam zur Hilfe. Zwar konnte er auch nur Italienisch, aber sich mir per Zeichensprache verständlich machen: erst die Programmnummer wählen, dann die Nummer des gewählten Programmes eintippen, danach passendes Geld einwerfen, der Automat gab kein Geld zurück, schließlich auf „Start" drücken. Nun, mit etwas mehr Zeit und Gelassenheit hätte ich das wohl auch ohne Hilfe herausfinden können, aber nach mir wollten noch andere ihre Autos waschen lassen. Immerhin hatte keiner gehupt, um mich zur Eile zu drängen. Da es „nur der Mietwagen" war, der gesäubert werden sollte, hatte ich Programm 1, das für die einfache Reinigung, gewählt. Die war aber durchaus gründlich; der Clio sah danach wieder „wie neu" aus.

Nach anschließendem Eis und Cappuccino im Café an der Nebenstraße fühlten wir uns gut erholt. Wir bummelten noch ein wenig durch Gassen, die wir bisher nicht gegangen waren. Und wir fuhren zur Post, um die Urlaubskarten endlich auf den Weg gen Deutschland zu bringen. Würden sie wohl vor unserer Rückkehr dort eintreffen?

14   Ende der ersten Urlaubswoche

Auf dem Weg zum Abendessen trafen wir den Hotelchef. Ich fragte ihn: „Wie kann man, da hier ja alles bargeldlos abläuft, dem Personal im Restaurant denn Trinkgeld geben? Gibt es dafür irgendwo eine Sammelkasse?" Er schmunzelte: „Geldkörbe werden in Italien nur in den Kirchen aufgestellt." Er ergänzte: „Trinkgeld ist bei uns tatsächlich unüblich, aber wenn Sie es mögen, geben Sie es dem Oberkellner, den ich Ihnen bei der Begrüßung neulich vorgestellt habe. Er ist fair und verteilt es ans Team." Vermutlich war Trinkgeld hier im Hotelrestaurant tatsächlich etwas Besonderes; denn der Oberkellner ließ den Schein zwar blitzschnell in seiner Hosentasche verschwinden, aber er begrüßte uns an den folgenden Tagen noch höflicher als bisher schon.

Die erste Urlaubswoche war vorbei. In der Nacht zum Sonntag erlitt Sardinien einen weiteren Temperatursturz. Hatten wir uns bisher gefreut, nicht im kalten Deutschland zu sein, mussten wir nun selber Windjacken anziehen, um „bei dem Wetter" doch raus zu gehen. Nun, der 2-Stunden-Spaziergang bei etwa zehn Grad war „erfrischend". Schon am Nachmittag war es wieder fünf Grad wärmer; „in der Sonne" konnten wir es auf der Terrasse gut aushalten. Allerdings sorgte das Wetter für noch eine Besonderheit: Wir verzichteten an dem Sonntag aufs Eis!

15   Feiertag und Nuragher-Siedlung

Am Montag, dem 25.04., war in Italien „Feiertag". Es wurde „der Befreiung vom Faschismus, dem Ende der Besetzung durch die Nationalsozialisten und den Opfern des zweiten Weltkrieges" gedacht. Wir fragten an der Rezeption, ob wir irgendetwas besonders berücksichtigen müssten, z.B. ob es Umzüge, Demonstrationen gäbe. „Nein, hier auf der Insel nicht."

Zunächst wollten wir dann das „Unterhaltungsangebot" des Hotels nutzen: „11:00 Uhr Boccia, Treffen am Sportcenter-Büro". Wir waren pünktlich dort – als einzige Interessenten. Die Kursleiterin kam mit Plastikkugeln, wie man sie für das Kinderspiel zu Hause im Garten kennt. Och nö, darauf verzichteten wir.

Angelika schlug vor: „Lass uns nach *Dorgali* (s.o. S. 36) fahren. Etwa zehn Kilometer weiter gibt es eine der größten ausgegrabenen Siedlungen der *Nuragher*." Da ich ja nun wusste (s.o. S. 58), was *Nuragher* bedeutete, außerdem das Interesse meiner Frau an archäologischen Künsten kannte, fuhren wir los. Die Ausgrabung war „im freien Gelände", ich konnte das Ziel nicht im Navi eintragen. Angelika gab, nachdem wir *Dorgali* passiert hatten, die weitere Route „nach Karte" an. Irgendwann sagte sie: „An der nächsten Kreuzung links ab!" Das war auch richtig, aber zunächst nicht machbar. Die Kreuzung war durch Polizisten in alle Richtungen gesperrt. „Da muss wohl ein schwerer Unfall passiert sein", vermuteten wir. Das war jedoch erfreulicherweise nicht der Fall. Nach etwa fünf Minuten Wartezeit kamen Radrennfahrer über die Kreuzung gesaust. Dummerweise für uns und die anderen wartenden Autofahrer war das zunächst nur die Führungsgruppe eines Radrennens, das am Feiertag auf Sardinien stattfand. Offensichtlich war das Feld ziemlich auseinandergezogen; denn es dauerte etliche Zeit, bis die Kreuzung für Autos freigegeben wurde.

Das hatte zur Folge, dass wir etwa 15 Minuten später als geplant, so gegen 12:30 Uhr, am Ziel ankamen. Das Schild „Serra Orios" - der Name der Siedlung - tauchte so plötzlich auf, dass ich, um dort eine Vollbremsung zu vermeiden, mal erst noch ein Stück weiterfahren musste. Auf der schmalen Landstraße war allerdings das Wenden ohne Risiko nicht möglich; also suchten und fanden wir nach mehreren hundert Metern einen abzweigenden

Feldweg, den wir zum Wenden nutzen konnten. Als wir endlich zum Eingang der Ausgrabungsstätte kamen, hielt eine Frau einer italienischen Gruppe einen Vortrag. Die Kasse war geschlossen. Geduldig warteten wir, zusammen mit weiteren Interessenten, auf das Ende des Vortrages. Dann bekamen wir zu hören: „Wir schließen jetzt gleich um 13:00 Uhr. Die nächste Führung findet um 15:00 Uhr statt. Sie benötigen fünf Minuten bis zur Siedlung, fünf Minuten zurück, haben jetzt also keine Zeit mehr zur Besichtigung. Die Gruppe vor Ihnen war die letzte, die ich gehen lassen konnte." Wir fühlten uns an den Film „Und täglich grüßt das Murmeltier" erinnert: Das nächste Schiff zur Grotte fährt um 15:00 Uhr, die Grotte im Gebirge öffnet wieder um 15:00 Uhr …

Wir fuhren weiter „durch die Gegend" bis zu einem Ort, dessen Namen ich mir nicht merkte. Dort gingen wir spazieren und fanden („Täglich grüßt das Murmeltier") ein Café für Eis und Cappuccino. So aufgemuntert fuhren wir zurück zu „Serra Orios", kamen gegen 14:30 Uhr an. Etwa 50 Meter vor dem Eingang gab es eine „Bar". Um darin vor dem Besichtigungsrundgang vorsorglich zur Toilette gehen zu können, kauften wir vier kleine Teilchen, in

Spanien wären sie wohl Tapas gewesen. Um 14:55 Uhr standen wir am Kassenhäuschen. Die Frau, die uns um 12:45 Uhr weggeschickt hatte, kam, na klar, erst gegen 15:15 Uhr. Sie war dann erstaunt, dass wir keine Führung haben, sondern uns die Siedlung alleine ansehen wollten. Immerhin hatten wir noch ein „Erfolgserlebnis": Für Senioren kostete der Eintritt 2,50 statt 5,00 Euro.

Die angebotene Führung sollte 50 Minuten dauern; alleine schafften wir die Besichtigung in 30 Minuten. Na ja, ich hätte auch nur 15 Minuten benötigt, denn die fast 100 Steinhüttenreste glichen sich so, dass mir drei reichten, um informiert zu sein.

Aber die auch vorhandenen Pflanzen animierten Angelika noch zur botanischen Betrachtung. Außerdem suchte und fand sie den im Buch beschriebenen „Tempel". Im Unterschied zu den Rundbauten der *Nuragher* war er rechteckig und trug über dem Eingangstor einen riesigen querliegenden Steinbrocken. „Wie mögen die ihn so da hoch bekommen haben?" „Vermutlich vor ein paar Jahren mit einem Kran." „Banause!"

Wie bitte? Sie haben volles Verständnis für meine Frau und würden hier jetzt eigentlich gerne auch noch mehr über die *Nuragher* erfahren? Och nö, ich bin „Erzähler", kein Archäologe. Ich möchte doch nur „informative Anregungen" geben und Sie dabei (hoffentlich) etwas amüsieren, nach dem Motto *„ Mir passiert so etwas doch nicht"*. Ach nee, das waren ja andere Geschichten. Ich habe aber noch einen „heißen Tipp" für Sie: Googeln Sie *„Nuragher"*! Halt, nein, nicht sofort, erst nachdem Sie das Buch zu Ende gelesen haben. Dort stehen dann schön alphabetisch sortiert nochmal alle kursiv geschriebenen Namen, so dass Sie eine prima „Googleauswahl" haben.

So, Moment, wie ging es weiter? Ach ja, auf der Rückfahrt zum Hotel überlegten wir, ob wir noch eine Stunde Tennis spielen sollten, wurden uns jedoch einig, dass es „zu kalt und zu windig" wäre. Das bekamen wir sogar bei dem Versuch zu spüren, auf der Terrasse zu relaxen. Wir setzten uns bis zum Abendessen vor den Fernseher, sahen uns einen längeren Bericht über den Abschiedsbesuch des amerikanischen Präsidenten Obama in Deutschland, verbunden mit der Eröffnung der Hannover Messe, an und amüsierten uns bei einer folgenden Quizsendung.

16   Bosa, Alghero, Sassari

Am Dienstag waren wir erneut „on tour". Der Hotelchef hatte uns die Stadt *Bosa* als sehenswert empfohlen. Etwa 1 ½ Stunden ging die Fahrt „quer durchs Land". Dabei gab es wieder „schöne Landschaften" zu sehen. Bei der Suche nach einem Parkplatz in *Bosa* stellten wir fest: „Oh, heute ist Markttag." Mehrere Straßen waren für den Markt gesperrt, somit auch die Parkplätze dort. Beim langsamen „Parklatzsuche-Fahren" fanden wir zufällig einen letzten freien Platz in der Nähe des Marktes. Na, da mussten wir dann doch mal gemütlich über die langen Marktstraßen bummeln. Das dauerte fast eine Stunde, war nicht nur interessant, sondern führte auch zum Kauf von zwei „Mitbringsel aus dem Urlaub".

Am Beginn der Altstadt fiel uns der Name „Caffè del Teatro" auf. Wir schauten herein und fanden es urig. Große Bilder von berühmten Mimen hingen an den Wänden. Weil nach Fahrt und Marktspaziergang ein Toilettengang sinnvoll war, beschlossen wir, Cappuccino und Eis heute schon mal am späten Vormittag zu kosten. Dabei erlebten wir dann, dem Namen des Cafés alle Ehre machend, italienisches Theater live. Zum einen lief auf einem Großbildschirm laut eine italienische Sendung. Zum anderen gab es an zwei Nebentischen irgendeinen Familienstreit. Drei Frauen und ein Mann diskutierten zunehmend heftig, übertönten dabei noch den Fernseher. Zeitgleich spielten und zankten sich drei Kinder. Es war, für Nichtitaliener, nicht zum Aushalten. So schnell wie dort hatten wir Eis und Cappuccino selten oder noch nie zu uns genommen. Zwar schafften wir auch noch den Toilettengang, waren jedoch froh, das Café verlassen zu haben, bevor es dort eventuell noch eine Messerstecherei gab. Oder hatten wir nur das italienische Temperament bei Meinungsverschiedenheiten falsch eingeschätzt?

Beim Bummel durch die Altstadt waren zwar mehrere bunte Hausfassaden zu bewundern, aber so begeistert, wie sie im Sardinien-Buch geschildert waren, empfanden wir die Altstadt nicht. Der Zustand einiger Häuser deutete darauf hin, dass sie zu sehr in die Jahre gekommen und renovierungsbedürftig waren.

Interessant war aber noch ein kleiner Rundgang über den städtischen Friedhof. Es gab standesgemäße Varianten zu sehen: lange Mauern mit Urnenplätzen, vermutlich für Ärmere, Steingräber, zum Teil dreistöckig, wohl für den Mittelstand und protzige Monumente für Reiche. Bei allen Grabstellen einheitlich waren Bilder der Verstorbenen; dabei gab es keinen Klassenunterschied. Da fast alle Grabstätten mit Blumen geschmückt waren, ergab sich ein durchaus beeindruckendes Gesamtbild.

Unsere Fahrt ging weiter nach *Alghero* und dauerte auch wieder 1 ½ Stunden. Ähnlich wie neulich bei der Tour an der *Costa Smeralda* war die Strecke recht kurvenreich, sie ging hoch und runter, bot dabei sehr schöne Aussichten auf Berge, Täler und zum Meer. Da auf den Straßen wenig Verkehr herrschte, konnte ich die Fahrt und Aussichten genießen. Im Sardinien-Buch war *Alghero* als „die Stadt des Schmuckes, insbesondere des Korallenschmuckes" beschrieben. Bei unserem etwa einstündigen Spaziergang durch die Altstadt sahen wir auch tatsächlich mehrere Boutiquen mit Korallenschmuck, dabei aber leider sehr viel „Billigware". Einen klassischen Juwelierladen fanden wir im Bereich der Fußgängerzone nicht. Die Läden dort waren rein auf „Touristenfang" ausgerichtet. Somit zogen wir das Fazit: „Och ja, ganz nett, aber längst nicht so toll wie im Buch beschrieben."

Dann wollten wir uns noch das Stadtzentrum von *Sassari* ansehen, zweitgrößte Stadt auf Sardinien mit 125000 Einwohnern. Der Aufenthalt dauerte kürzer als geplant. Der Großstadt entsprechend gab es viel Verkehr, jede Menge Ampeln mit jeweils kleinen Staus davor. Als wir endlich ein Parkhaus gefunden hatten, waren wir etwas „genervt". Wir besichtigten den Dom und bummelten durch zwei Parks – das reichte uns. Der noch weiter zunehmende Straßenverkehr entsprach ganz und gar nicht der gewünschten Urlaubsstimmung. Wir waren froh, als wir, nach etlichen „Stop and Go's" an Ampeln, wieder auf einer weniger stark befahrenen Landstraße waren. Allerdings stockte uns ein paar Mal der Atem. Wir wurden einige Male im Überholverbot und vor Kurven rasant überholt. Obwohl ich mich inzwischen der italienischen Fahrweise ein wenig angepasst hatte, ging mein Bemühen, nicht als Tourist-Fahrer aufzufallen, soweit dann doch nicht.

17   Castello della Fava

Am Mittwoch wollten wir eigentlich Tennis spielen, aber zum einen war es ziemlich windig, zum anderen waren auch Plätze „zur Bearbeitung" gesperrt. Es wurde neuer Sand aufgebracht und der Kunstrasen gewalzt. Ich dachte mir: „Dann revanchierst Du Dich beim Minigolf für die erlittene Niederlage." Angelika hatte nicht so rechte Lust aufs Spiel: „Ist es dafür nicht auch zu windig?" Na, mir zuliebe machte sie mit. Das wurde belohnt. Ich hatte einen „rabenschwarzen Minigolftag" und meine Frau unterbot ihre tolle 31er-Runde (s.o. S. 53) um zwei Schläge. Mit nur 29 Schlägen blieb sie „drei unter Par". Über mein Ergebnis wird „der Mantel des Schweigens ausgebreitet".

Auf dem Weg zurück zum Hotel trafen wir mal wieder den Hotelchef, der dauernd irgendwo in der Anlage unterwegs war, um Ordnung und Sauberkeit zu gewährleisten. Wir fragten ihn, ob er uns noch einen Ausflugtipp geben könnte. Er empfahl uns den „Mäuseturm" in *Posada*. „Mäuseturm wird das Gebäude hier im Volksmund genannt; ich kann Ihnen nicht sagen, warum man es so nennt. Richtig heißt der Turm *Castello della Fava*. Den haben Sie bestimmt schon auf einer Ihrer Fahrten von und nach *Olbia* gesehen. Er thront, weit sichtbar, auf einem Felsen über der Stadt. Von dort hat man einen sehr schönen Rundblick in die Ferne." Ja, wir wussten, welchen Turm er meinte, dankten dem Chef und machten uns reisefertig. Dann ließen wir uns vom Navi nach *Posada* leiten. Das war, stellte sich heraus, ein Fehler. Zum Schluss ging die ausgewählte „kürzeste Strecke" etwa drei Kilometer über eine „Rumpelstraße". Es gab dort derart viele Schlaglöcher, dass ich es nicht schaffte, allen auszuweichen. Ich berücksichtigte bei dieser „Teststrecke für die Federung" natürlich, dass es sich beim Clio um einen Leihwagen handelte, bei dem ich keine Schäden verursachen wollte. Zwei Fahrer von „Off-Road-Vans", die uns mit zügigem Tempo entgegenkamen, hatten offensichtlich keine derartigen Sorgen um ihre Wagen.

Die Mühen der Bewältigung der Rumpelstraße wurden dann aber noch getoppt beim Aufstieg zum *Castello della Fava*. Über steile Gassen und eine Unzahl von Treppen war der Weg „ganz schön anstrengend". Auffallend, aber durchaus nachvollziehbar war, dass zahlreiche der alten Häuser, die wir passierten, „zum Verkauf" angeboten wurden. „Hier würden wir auch nicht wohnen wollen, junge Leute werden alle weggezogen sein", vermuteten wir. Als wir unterhalb des Turmes angekommen waren, staunten wir: Dort saß, einsam auf einem kleinen Schemel, ein Mann und verkaufte Eintrittskarten. Bei den 3 Euro fragte ich nicht, ob Senioren einen Nachlass erhielten. Unser Bedauern des Mannes, der da offensichtlich für ein paar Besucher den ganzen Tag alleine verbringen musste, wurde später, als wir schon auf dem Rückweg waren, ein wenig relativiert. Uns kam eine französische Gruppe entgegen, geschätzte 50 Leute, die sich vermutlich auf einer Bustour durchs Land befanden. Na, da lohnte sich der Kartenverkauf dann ja doch noch.

Zunächst aber ging es noch weitere steile Stufen bergan. Es wurde schließlich so steil, dass seitlich Gliederketten gespannt waren, an denen man sich hochziehen oder zumindest festhalten konnte. Einige Male machte ich außerdem „den Kavalier" und reichte Angelika meine Hand, damit sie felsige Stufen sicher bewältigen konnte.

Als wir endlich den Sockel des „Mäuseturmes" erreicht hatten, wurden die Anstrengungen aber mit dem vom

Hotelchef in Aussicht gestellten Fernblick in alle Richtungen belohnt. Wir stellten erneut fest: „Sardinien ist schön!"

Ich entdeckte dann, dass man sogar auf den Turm steigen konnte. „Geh Du, ich mache da nicht mit", befand Angelika. Zunächst führte eine recht stabil aussehende Treppe außen an der Turmmauer empor. Im Innern ging es auf mehreren Holztreppen, die nicht den allersichersten Eindruck machten, weiter. Ganz zum Schluss führte eine schmale, etwas wackelige Eisenleiter zu einer kleinen, engen Öffnung. Ich kletterte so weit hoch, dass ich meinen Kopf hindurch stecken konnte. Den Ausstieg traute ich mir noch zu, aber ich bekam Bammel wegen des Abstiegs auf der instabilen Leiter, weil ich ja alleine da oben war. „Wenn Du hier abrutscht ..." Ich verzichtete auf das Durchzwängen und stieg, dabei recht vorsichtig, die Holzleitern herab. Vom Podest der stabilen Außenleiter aus machte ich Fotos und ließ ich den Blick nochmal schweifen.

Mir fielen die Anfangszeilen eines Gedichtes von Schiller ein:

Er stand auf seines Daches Zinnen,

er schaute mit vergnügten Sinnen

auf das beherrschte Samos hin.

»Dies alles ist mir untertänig,

begann er zu Ägyptens König,

gestehe, dass ich glücklich bin.

Bekanntlich ist nach steilen Aufstiegen der Abstieg immer noch beschwerlicher. Die manchmal seitlich angebrachten Gliederketten und meine fürsorglichen Handreichungen waren da wieder angebracht.

Als wir verschwitzt unten waren und uns die Gruppe der Franzosen begegnete, von denen einige offensichtlich noch älter bzw. nicht so fit wie wir waren, bezweifelten wir, ob die alle den schönen Ausblick von oben schaffen würden. Das sagten wir ihnen natürlich nicht, sondern grüßten freundlich und nickten aufmunternd: „Oui, oui, magnifique!"

18   Siniscola, schwimmen, Bayern München

Wir fuhren noch nach *Siniscola*. Dort sollten, laut Buch, schöne Keramikarbeiten angeboten werden. Stattdessen fanden wir eine „ärmliche Kleinstadt". Etliche Häuser wurden auch hier zum Kauf angeboten oder waren renovierungsbedürftig. Wir wunderten uns, dass es eine „Großbaustelle" gab, aber seit einiger Zeit war dort wohl nicht mehr gearbeitet worden. An einer Piazza im Zentrum saßen etwa zwanzig alte Männer, die sich dann wohl über uns als Touristen in ihrer Stadt wunderten. „Komm, wir werfen noch einen Blick in die Kirche, bevor wir diesen traurigen Ort verlassen", sagte ich. Dann staunten wir: Die Kirche war wunderschön. Moderne, bunte Fenster ließen viel Licht herein. Wand- und Deckenmalereien waren faszinierend. Der Klang, den ich durch lautes Räuspern testete, war toll. Da einige Einheimische beteten, unterließ ich meinen in Kirchen sonst üblichen Testgesang. „Eine so schöne Kirche haben wir lange nicht gesehen", waren wir uns einig. „Die passt so überhaupt nicht zu dem ärmlichen Eindruck der Stadt."

Zurück im Hotel hatte ich eine Idee: „Ich gehe jetzt mal schwimmen!" „Ich nicht, das Wasser ist mir zu kalt", erwiderte Angelika. Die Sorge hatte ich eigentlich ja auch, da nur ganz selten mal jemand im Schwimmbecken zu sehen gewesen war, aber es war doch zu verlockend, zumal ich zwei Badehosen mit in den Urlaub genommen hatte. Wie sonst, wenn ich in Neuwied schwimmen ging, duschte ich zunächst heiß und kalt. Trotzdem spürte ich beim Einstieg in das riesige Wasserbecken sogleich die Kälte. „Komm, schwimm, beweg Dich, dann wird Dir wärmer", forderte ich mich auf. Platz zum Schwimmen hatte ich genug – ich war der einzige im Wasser.

Nach weniger als zehn Minuten Schwimmen war auch ich überzeugt: „Nee, es ist zu kalt!"

Abends irritierte mich zunächst die folgende Nachricht im Fernsehen: „An deutschen Flughäfen fanden Warnstreiks statt." „Upps, das wird doch wohl hoffentlich Samstag nicht auch noch der Fall sein", dachte ich. Die folgende Wettervorhersage für Deutschland bereitete Stirnrunzeln: „Donnerstag 4 Grad, Regenschauer, Schneefallgrenze 300 Meter." „Wenn das noch schlimmer wird, bekommen wir ein Problem – bei unserem Wagen sind Sommerreifen aufgezogen."

Dann sah ich mir die Übertragung des Fußballhalbfinals der Champions-League an; Athletico Madrid gewann 1:0 gegen Bayern München. Für mich stand „der Schuldige" für die Niederlage der Bayern fest: Trainer Guardiola, der viele spanische Spieler aufgestellt, die effektivsten Torschützen, Lewandowski und Müller, auf der Bank hatte sitzen lassen. Na, da man Bayern München im übrigen Deutschland nicht besonders liebte, war die Niederlage von vielen zu verschmerzen.

19   Einfriedungen und Mirto

Auch auf Sardinien war es am Donnerstag „bewölkt und frisch", aber immerhin noch etwa 10 Grad wärmer als in Deutschland. Für das geplante Tennisspiel war es uns jedoch eindeutig zu kalt. Wir zogen die Windjacken an, fuhren etwa fünf Kilometer mit dem Auto und wollten dann „querfeldein" wandern. Ich hatte einen Felsen als Ziel ausgemacht. Der Versuch, in seine Richtung bergan zu marschieren, scheiterte aber recht bald an großen Grundstücken, die mit Zäunen und Mauern umgeben waren. Wie bei unseren Spaziergängen an der Küste bekundeten Hunde, dass wir an den Grundstücken nicht willkommen waren.

1820 hatte es einen „Erlass zur Einfriedung" gegeben. Danach konnte jeder das von ihm bewirtschaftete Land einfrieden und so in Besitz nehmen. Dazu dienten Trockenmauern, die aus geschichteten Felssteinen um die Grundstücke gezogen wurden. Hierdurch erhielten Bauern das von ihnen bewirtschaftete Land als Eigentum, aber große Flächen eigneten sich Reiche an, die es sich leisten konnten, Arbeitskräfte mit dem Herstellen der Mauern zu beschäftigen. Sie wurden oft mehrere hundert Meter lang und etwa 50 Zentimeter breit. Tja, an denen kamen wir nicht vorbei. Unser Versuch einer Wanderung „durch freie Natur" scheiterte.

Immerhin waren wir bei dem „Ein-Stunden-Kreuz und Quer-Spaziergang" doch ins Schwitzen geraten. Daraus folgerten wir, dass es zum Tennisspielen inzwischen warm genug wäre. Wegen der unklaren Witterungsverhältnisse buchten wir nur eine Stunde. Zunächst stellten wir fest, dass das Einstreuen neuen Sandes und das Walzen des Kunstrasens das Spielen angenehmer gemacht hatte. Leider fing es jedoch nach 45 Minuten zu nieseln an. Um kein Risiko beim Laufen einzugehen, machten wir noch einige Minuten Aufschläge, aber das war's dann.

Auf dem Weg zum Hotel trafen wir wieder den Chef. Wir fragten ihn: „Gibt es hier in der Nähe eine gute Gärtnerei?" Angelika musste ja noch „eine heimische Pflanze aus dem Urlaubsland" zur Mitnahme finden. Der Chef verwies zunächst auf die überall stehenden Kakteen. „Brechen Sie doch einfach am Wegesrand etwas ab; die entwickeln sich in Deutschland, wenn sie genügend Sonne bekommen."

Ich hatte mit dem Abbrechen bei Kakteen vor Jahren jedoch ganz schlechte Erfahrungen gemacht, mir eine Hand voll kleiner Stacheln eingehandelt. Damals wurde beschlossen: „Nie wieder!" Der Hotelchef sagte dann: „In *Orosei* gibt es zwei Gärtnereien. Empfehlen kann ich Ihnen die, die kurz vor der Brücke vor dem Ortseingang auf der rechten Straßenseite liegt, wenn Sie von hier aus kommen. Die ist von der Straße gut zu sehen, können Sie eigentlich nicht verfehlen. Allerdings geht die Zufahrt in einem ganz scharfen Knick rechts ab von der Straße. Und wenn ich Ihnen auch noch eine schöne Pflanze empfehlen darf, lassen Sie sich eine *Mirto* zeigen. Die hat sehr schöne Blüten und duftet gut. Hier auf Sardinien wird daraus ein leckerer Likör hergestellt, aber das müssen sie zu Hause ja nicht machen." Der Chef hatte mal wieder Recht, man konnte die Gärtnerei, wenn man Ausschau danach hielt, nicht verfehlen. Und es gab dort auch *Mirto*-Pflanzen im Angebot – kleine für 5 €, größere, die schon zahlreiche Knospen hatten, für 15 €. Natürlich entschieden wir uns für solch ein größeres Exemplar. Damit ergab sich, mal wieder, das Problem, wie die Pflanze denn im Flugzeug transportiert werden könnte. „Dafür brauchen wir jetzt noch einen Rucksack", schlug meine Frau vor. „Vielleicht gibt es welche in dem Supermarkt, in dem wir Wein, Wasser und Knabberzeug gekauft haben." „Da gibt es doch nur Lebensmittel", vermutete ich. „Oft haben solche Läden auch noch sonstigen Kleinkram. Da wir ja schon hier in *Orosei* sind, bietet es sich doch an, da einfach mal nachzusehen." Dagegen sprach nichts, zumal in der Nähe auch „unser" Eiscafé lag. Als wir an dem vorbeifuhren, stellten wir allerdings fest, dass donnerstags dort offensichtlich „Ruhetag" war. Sollte das schon ein Omen für negative Aussichten sein? Zu unserer Überraschung stellten wir im Supermarkt jedoch fest, dass es nicht nur die Lebensmitteletage gab, sondern eine Rolltreppe „nach oben" führte; die hatten wir bisher übersehen. In der oberen Etage wurden jede Menge Haushaltsartikel angeboten. Bei einem Rundgang suchten wir vergeblich Rucksäcke, fanden aber mehrere Bade-/Turnbeutel. Die hatten für die *Mirto*-Pflanze beinahe eine optimale Größe. „Wenn ich von der Pflanze etwas Blumenerde wegnehme, passt sie wahrscheinlich genau hinein", stellte Angelika frohlockend fest. Meine alljährliche Sorge, wie denn das Flughafenpersonal auf den Pflanzentransport reagieren würde, wurde damit allerdings nicht gemindert. Okay, die Beutel hatten Tragebänder, so dass man sie schultern konnte. Innen waren sie außerdem mit einer Folie ausgestattet, um auch feuchte Sachen darin tragen zu können. Und es gab auf den durchaus schon günstigen Preis noch 25 % Rabatt. „So einen Beutel nehmen wir", beschloss Angelika. Die Wahl zwischen rot-weiß und blau-weiß gestreift durfte ich dann treffen: „Blau-weiß!" Zurück im Hotel wurde natürlich umgehend getestet, wie *Mirto* in den Beutel passte. Na ja, da musste wohl doch noch einige Blumenerde entfernt werden. „Kann die Pflanze denn dann den Flug überstehen?" fragte ich die Fachfrau. „Ich wickle die Wurzeln in Papier ein und wässere *Mirto* zu Hause sofort intensiv", war Angelika unbesorgt.

20   Kofferpacken

Der Freitagmorgen erfreute uns mit Sonnenscheinwetter. Da wir kein Verletzungsrisiko mehr eingehen wollten, stand Tennis nicht auf dem Tagesprogramm. „Heute sonne ich mich und relaxe", war ich gut gelaunt. Vorsorglich cremte ich mich mit Sonnenschutz ein. Angelika fing schon an, Sachen fürs Kofferpacken zu sortieren. Ich hatte etwa eine halbe Stunde in der Sonne gelegen, als dunkle Wolken aufzogen. Da es dabei auch spürbar kälter wurde, war das Sonnenbad schon beendet. Vielleicht sollte ich ja auch nur vor einem Sonnenbrand geschützt werden.

Na, dann bot sich an, schon mal mit erstem Kofferpacken zu beginnen. Als die Shorts verstaut waren, vertrieb die Sonne die Wolken und es wurde entsprechend wieder warm: Shorts raus aus dem Koffer, ab auf die Terrasse.

Am Nachmittag wollte ich gerne noch einmal Minigolf spielen; ich hatte ja „was gut zu machen". Da verdüsterten erneut dunkle Wolken den Himmel und es wurde recht windig. Meine Revanchegelüste wurden „vom Winde verweht". Ich füllte stattdessen den Bewertungsbogen des Hotels aus, mit einer Ausnahme alles sehr positiv, nur bei der Frage, was man denn noch besser machen könnte, notierte ich: „Das Wetter war verbesserungsbedürftig."

Dann wurde *Mirto* „reisefertig" gemacht. Am Ende des Parkplatzes war eine Mulde, in der Gartenabfälle gelagert wurden. Wir gingen dort hin, ausgestattet mit der Pflanze, dem Bade-/Turnbeutel, einem Plastikbeutel, einem Messer und Zeitungspapier, das Angelika besorgt hatte. Nach dem ersten Abschaben von Blumenerde passte *Mirto* noch nicht weit genug in den Beutel; es erfolgte eine zweite „Operation". Der neue „Beutelversuch" brachte das erhoffte Ergebnis: „Passt!" Die Pflanze wurde nochmal herausgenommen, um die Wurzeln in das Zeitungspapier einzuwickeln. Darüber stülpte Angelika dann noch den Plastikbeutel. So kam *Mirto* wieder in den Tragebeutel. Ich schulterte ihn und stellte fest: „In Ordnung, jetzt stimmt auch das Gewicht." Gepäckstücke in der Kabine des Flugzeuges durften ja nicht mehr als acht Kilo wiegen.

Um den Rückflug weiter vorzubereiten und „auf Nummer Sicher" zu gehen, dass die Flugzeit nicht geändert worden war, bat ich die Dame an der Rezeption, per PC unsere Boarding-Karten zu organisieren. 24 Stunden vor Abflug war das schon möglich. Für die Rezeptionsdame war der Vorgang „spannend" – sie machte das Einchecken per PC zum ersten Mal. Da war es gut, dass ein Kollege sich damit auskannte und nützliche Hinweise geben konnte. Zu dritt freuten wir uns, als die Karten dann gedruckt wurden.

Danach wurden die Koffer weiter gepackt. Ich ging auch noch zum Mietwagen, um nachzusehen, ob „alles raus" war. Diese Prüfung erwies sich als sinnvoll; denn unter dem Beifahrersitz lag unser Regenschirm. Da wir ihn nicht benutzt hatten, war er uns „aus dem Sinn gekommen".

Nach dem Abendessen wurde an der Rezeption bezahlt, ausgecheckt und der Weckdienst für 04:45 Uhr bestellt. Der Reisewecker wurde auf 04:40 Uhr programmiert. Nachdem wir Jauchs Quizsendung „Wer wird Millionär" gesehen hatten, gingen wir ins Bett.

21   Am Flughafen Olbia

Angelikas „innere Weckuhr" meldete sich um 04:30 Uhr. Es lief alles wie geplant: den Weckdienst um 04:45 Uhr bestätigen, duschen, Zähne putzen, anziehen, restliche Sachen in die Koffer packen, das bestellte Lunchpaket an der Rezeption in Empfang nehmen, Zimmerschlüssel abgeben, Auto vom Parkplatz holen, Koffer, Taschen und Blumenbeutel verstauen – losfahren. Es war 05:35 Uhr.

Die Straßen waren fast autofrei, na klar, zu so früher Stunde am Samstag. Ich konnte also „ganz normal" fahren, ohne Zeitdruck. Ein Problem gab es dann aber doch noch. Wir wollten den Mietwagen ja „voll betankt" zurückgeben und hatten für das „Resttanken" die letzte Tankstelle vor der Abfahrt Flughafen bereits schon mal „ausgeguckt". Meine Vermutung, dass per Geldautomat tanken möglich wäre, bestätigte sich. „Etwa für 10 € werde ich noch tanken können", hatte ich ausgerechnet. Mir war bewusst, dass der Geldautomat kein Wechselgeld erstatten würde. „Na, wenn Benzin für weniger als 10 € reinpasst, ist das nicht tragisch, auf jeden Fall preisgünstiger als ein Nachtanken durch die Verleihfirma, weil die dann Service berechnet." Ich steckte also 10 € in den Geldautomaten, es lief jedoch kein Benzin. Ich schaute, ob ich noch eine Nummer, zum Beispiel die der Tanksäule, eintippen müsste, fand dafür aber keinen Hinweis. Als ich gerade anfing, nervös zu werden, kam ein Mann, ging zum Geldautomaten und drückte auf einen Knopf, der mir nicht aufgefallen war. „Grazie!" Und es passte Benzin genau für 10 € in den Tank.

Am Flughafen war der Mietwagenpark gut ausgeschildert. Meine Zeitrechnung passte: Punkt 06:30 Uhr waren wir angekommen. Drei Parkplätze nebenan machte ein Mann, wie es mir auch geraten worden war, Fotos vom geparkten Wagen. Och nee, ich blieb vertrauensselig. Dafür waren wir dann, nach Einwerfen des Autoschlüssels in die Box der Mietwagenfirma, früh am Eincheckschalter. Die Warteschlange davor war noch klein, die Aufgabe der Koffer verlief zügig. Etwas irritiert war ich, weil uns kein Abflugterminal genannt wurde. „Gehen Sie erst mal zur Sicherheitskontrolle, das Terminal wird dann rechtzeitig auf den großen Tafeln angezeigt; achten Sie auf die Anzeige." Waren wir zu früh am Schalter angekommen? Es war 06:50 Uhr, geplante „Boardingzeit" war 07:50 Uhr.

Wir hatten jedenfalls genügend Zeit, um jetzt das Lunchpaket als Frühstück zu genießen. Als wir es auspackten, staunten wir: außer mit Käse und Schinken belegten Broten hatten wir auch zwei kleine Flaschen Wasser, zwei Bananen und zwei Äpfel mitbekommen. „Das schaffen wir ja gar nicht alles", stellte Angelika fest, zumal sie „mindestens eine Tasse Kaffee" beanspruchte. Der Coffee-Shop des Flughafens war geöffnet. Dort setzten wir uns an einen Tisch und frühstückten.

Gegen 07:30 Uhr gingen wir zur Sicherheitskontrolle. Die wurde „sehr gründlich" vorgenommen. Ich musste sogar meinen Hosengürtel abnehmen und mit aufs Band legen. Alle Personen wurden auch abgetastet. Ein Mann hinter mir musste seine Schuhe ausziehen. Ob sie wohl mit einer Stahlkappe ausgestattet waren? Das Erfreulichste für mich war, dass der Blumenbeutel völlig anstandslos durch die Kontrolle kam. Ich dachte: „Wir fliegen nach Köln/Bonn und dort gilt ja der rheinische Grundsatz *Et hätt noch emmer joot jejange.*" Ob ich mir dann im nächsten Jahr trotzdem wieder Sorgen über eine mitzunehmende Pflanze machen würde?

22   4 ½ Stunden Verspätung

Als wir zur Wartezone kamen, war das Terminal für den Flug weiterhin nicht angezeigt. „Irgendwie komisch ist das schon", meinte ich. „Vielleicht entspricht das der italienischen Art", mutmaßte Angelika und ergänzte: „Ich gehe noch in die steuerfreie Shoppingmeile." Ich setzte mich auf eine Bank, hielt Handgepäck und Blumenbeutel im Blick und löste Kreuzworträtsel. Einige Rätselseiten hatten wir extra für solche Wartezeiten mitgenommen. Als Angelika zurückkam, hatte sie zwei interessante Meldungen: „Ich habe nichts gekauft, aber ein lautes Handygespräch mitgehört. Unser Flugzeug hat wahrscheinlich eine sehr große Verspätung, es soll in Köln noch gar nicht gestartet sein." Das sprach sich in den nächsten Minuten „wie ein Lauffeuer" in der Wartezone herum. Bald entstanden auch Gerüchte: „Der soll schon in der Luft gewesen sein und musste umkehren." „Der ganze Flughafen in Köln ist gesperrt." „Es kann vielleicht auch darin liegen, dass an Flughäfen wieder gestreikt wird." Ich äußerte: „Für uns ist es jedenfalls besser hier zu warten, als Probleme während des Fluges zu haben." Irgendwann blinkte auf der Anzeigetafel doch eine „voraussichtlich

Abflugzeit": 11:30 Uhr. Ich wunderte mich erneut: „Geplante Abflugzeit war 08:20 Uhr. Wenn 11:30 Uhr stimmt, sind es zehn Minuten mehr als drei Stunden Verspätung. Ich meine zu wissen, dass es bei dreistündiger Verspätung eine Entschädigung gibt. Die wird die Fluggesellschaft doch wohl nicht wegen zehn Minuten riskieren." Ich erinnerte mich an einen Fall, der vor gar nicht allzu langer Zeit durch die Medien ging. Bei dem war entschieden worden, dass die Überschreitung der Drei-Stunden-Grenze nicht von der Landung eines Flugzeuges abhing, sondern vom Betreten der Flughalle. „Bis dahin vergehen nach der Landung doch immer noch mehrere Minuten", hatte das Gericht argumentiert. Ich hatte jetzt genügend Zeit, um das mitgenommene, bisher aber nicht benutzte Smartphone zur Recherche einzusetzen. Ob es hier im Flughafengebäude wohl „Empfang" gab? Na klar, fast alle hantierten hier mit Smartphones oder Handys. Ins Internet zu kommen, war kein Problem. Beim Stichwort „Flugverspätung" brachte Google umgehend mehrere Artikelangebote. So erfuhr ich, dass es sogar Urteile des Europäischen Gerichtshofes zu einer Fluggastrechte VO gab. Ich informierte Angelika: „In der Verordnung sind bei mehr als drei Stunden Verspätung Fixbeträge festgelegt, abhängig von den Flugkilometern. Man muss nicht darlegen, warum und wie hoch infolge der Verspätung ein Schaden entstanden ist. In unserem Fall, bei bis zu 1500 Flugkilometern, gibt es laut der VO 250 € pro Person, für uns zusammen somit 500 €, es sei denn, die Fluggesellschaft kann für die Verspätung einen außergewöhnlichen Umstand geltend machen." Na, da könnte es nach Urlaubsende eventuell mal wieder einen Rechtsstreit für uns geben. Zwei hatte ich in vergangenen Jahren gewonnen. Angelika erwiderte schmunzelnd: „Du musst aufpassen, dass sich das nicht herumspricht, sonst nimmt uns demnächst keine Fluggesellschaft mehr mit."

„Das waren bisher doch Rechtsstreite mit Veranstaltern."

„Hast Du deshalb dieses Mal alles selber organisiert?"

„Nee, um Kosten zu sparen. Wenn wir jetzt noch 500 € von der Fluggesellschaft bekommen, war der Urlaub besonders preisgünstig." „Die wird aber vermutlich einen triftigen Grund vortragen." „Warten wir mal erst ab, ob die Drei-Stunden-Grenze überschritten wird." „Das sieht nun aber sehr danach aus."

Eine ältere Dame hatte unser Gespräch mitbekommen. Sie fragte: „Stimmt es, dass es 250 € Entschädigung gibt?" Ich verwies auf die Verordnung und riet ihr, den Betrag geltend zu machen, falls die drei Stunden überschritten würden. „Und wie macht man das?" „Schreiben Sie die Fluggesellschaft an und verweisen auf die Verspätung." „Kann ich das selber machen oder muss ich dafür einen Rechtsanwalt beauftragen?" „Das können Sie zunächst mal erst ohne Anwalt machen. Falls die Fluggesellschaft die Zahlung ablehnt, können Sie immer noch überlegen, ob Sie einen Anwalt einschalten." „Ich danke Ihnen für die Informationen. Ohne Sie wäre gar nicht auf die Idee eines Anspruches gekommen." „Noch wichtiger ist, dass wir heil nach Köln kommen." „Da haben Sie Recht."

Angelika unterhielt sich dann weiter mit der Dame. Sie tauschten Erfahrungen mit verschiedenen Urlaubszielen aus. Die Dame, von uns auf etwa 75 Jahre alt geschätzt, erzählte: „Seit ich Witwe bin, reise ich viel." Sie war in Amerika, Ägypten und vielen europäischen Ländern. „In Europa mache ich das immer für eine Woche, dann brauche ich nicht viel Gepäck mitzunehmen. Diese Woche auf Sardinien haben wir ja ein wenig Pech mit dem Wetter gehabt." Als damit begonnen wurde, Erfahrungen über Museumsbesuche auszutauschen, konnte ich in Ruhe wieder Kreuzworträtsel lösen.

Die Drei-Stunden-Grenze war bald „kein Thema" mehr; denn als voraussichtlich neue Startzeit wurde „12:40 Uhr" angezeigt. Die Maschine aus Köln landete in *Olbia* um 11:55 Uhr. Die ankommenden Fluggäste berichteten: „Es hat auf dem Flugplatz leider einen Unfall gegeben." Den konkretisierte später im Flieger der Pilot per Durchsage: „Beim Transport zur Rollbahn hat uns der Schlepper in ein stehendes Flugzeug bugsiert. Beide Flugzeuge konnten nicht mehr starten. Wir mussten ein Ersatzflugzeug aus Hannover kommen lassen. Ich bitte Sie um Verständnis für die Verspätung."

Wir starteten um 12:50 Uhr und landeten nach völlig ruhigem Flug zwei Stunden später, also mit 4 ½ Stunden Verspätung. Am Vortag hatte es für den Öffentlichen Dienst einen Tarifabschluss gegeben; es wurde nicht gestreikt. Die Gepäckausgabe erfolgte zügig.

23   Rückfahrt

Unsere „Erlebnistour" war jedoch noch nicht zu Ende. Wir hatten ja (s.o. S. 7) „Park, sleep and fly" incl. Taxitransfer zum/vom Flughafen gebucht. Entsprechend rief ich das Taxiunternehmen an und bekam zu hören: „Ich habe vier Wagen; die sind alle im Einsatz. Ich kann Sie in circa einer Stunde abholen lassen." Verständlicherweise lehnte ich das ab. Wir gingen zum Taxistand am Flughafen. Der Fahrer des Taxis, das in der Wartereihe an erster Stelle stand, fiel uns zunächst etwas negativ auf, weil er unser Gepäck „brachial" in den Kofferraum schob. Als ich ihm dann den Namen des Hotels nannte, zu dem er uns bringen sollte, fragte er: „Wo ist das denn? Den Namen habe ich noch nie gehört. Ist das in Köln?" Es war zehn Minuten vom Flughafen entfernt und nannte sich „Flughafenhotel". Ich stieg aus, ging zum Kofferraum und suchte im Gepäck die Hotelunterlagen. Die Adresse gab der Taxifahrer ins Navi ein. Unterwegs bekam ich Zweifel, ob er fahrtüchtig war. Dreimal näherte sich der Wagen so sehr den Leitplanken, dass ich beinahe ins Lenkrad gegriffen hätte. Immerhin kamen wir, dank Navi, auf kürzestem Weg zum Hotel.

Dort ließ ich mir für die entstandenen Fahrtkosten eine Quittung ausstellen. An der Hotelrezeption war ein junger Mann, dem ich schilderte, dass das vom Hotel beauftragte Taxiunternehmen uns eine Stunde warten lassen wollte. Ich stellte klar, dass ich die entstandenen Fahrtkosten dem Hotel in Rechnung stellen würde. Der junge Mann konnte sich dazu natürlich nicht verbindlich äußern. Er machte von der Taxiquittung eine Kopie und sagte zu, meine Beschwerde in einer Notiz festzuhalten.

4 ½ Stunden Flugzeitverspätung, dann die angekündigte Wartezeit von einer Stunde am Flughafen, schließlich ein mieser Taxifahrer – da war die Urlaubserholung recht arg strapaziert worden. Na, immerhin war unser Wagen auf dem Hotelparkplatz „sauber und unbeschädigt". Die Fahrt nach Neuwied verlief „völlig entspannt". Bei zwölf Grad wurden auch keine Winterreifen benötigt. So kamen wir doch noch „gut erholt" zu Hause an. Auch *Mirto*, die Pflanze aus Sardinien, hatte Flug und Fahrt gut überstanden.

24   Nach der Reise

Die Nachbarn hatten „alles wie besprochen" erledigt: Post und Zeitungen lagen wohl geordnet im Haus und die Mülltonnen waren geleert. Etwas hatten die Nachbarn jedoch nicht bemerkt: Vor dem Arbeitszimmerfenster stand auf dem Pflanztisch ein Blumentopf „auf dem Kopf", also mit dem kleinen Loch für den Wasserabfluss nach oben. Zufällig sah ich, dass durch dieses „Wasserloch" ein Meisen-Paar ein- und ausflog. Ein vorsichtiger Blick unter den Topf bestätigte, dass dort ein Nest gebaut worden war; darin warteten vier dünne Meisenhälse auf Nahrung. Es war für uns dann, vom Arbeitszimmerfenster aus, interessant zu beobachten, wie sich die Meiseneltern immer und immer wieder durch das Loch zwängten. Dieses Beobachten erwies sich für die Meisen noch als wichtig, weil eine Katze aus der Nachbarschaft, die gerne über unser Grundstück marschierte, „den Braten gerochen" hatte, auf den Pflanztisch sprang und versuchte, den Topf zu verschieben. Sie wurde natürlich von uns vertrieben. Anschließend stellten wir mehrere Sachen auf den Pflanztisch, so dass Katzen dort keinen Platz mehr fanden.

Mein „Blick in den Garten" erstaunte mich. Obwohl während unseres Urlaubs im deutschen Fernsehen ständig über widrige Witterungsbedingungen berichtet wurde, war der Rasen kräftig gewachsen. Na ja, ich hatte vor unserem Abflug noch gedüngt.

Am Sonntag, 01.05., „Tag der Arbeit", mähte ich nachmittags; denn Montag wurde die Bio-Mülltonne geleert. Angelika kümmerte sich um die „Urlaubswäsche" und versorgte *Mirto* mit Blumenerde und viel Wasser. Ich schrieb an die Fluggesellschaft und machte, mit Hinweis auf die Fluggastrechte VO, den Anspruch auf 500 € geltend. Ebenfalls am 01.05. schrieb ich eine Mail an das Hotel in Köln, forderte die Erstattung der Taxigebühren und verwies auf die Schlechtleistung des Restaurants am Abend vor unserem Abflug (s.o. S. 14). Der Hoteldirektor schrieb recht zügig zurück, entschuldigte sich „für das Fehlverhalten eines Auszubildenden" im Restaurant und stellte die Erstattung der Taxigebühren in Aussicht. Er bat um Verständnis dafür, dass das Taxiunternehmen am 30.04. wegen vieler Veranstaltungen „Tanz in den Mai" ausgelastet gewesen wäre. Nachdem die Taxigebühren schließlich am 18.05. auf unserem Konto waren, bedankte ich mich dafür beim Hoteldirektor, widersprach aber seiner Darstellung, die Schlechtleistung im Restaurant einem Auszubildenden anzulasten. Dem Hinweis auf „Tanz in den Mai" hielt ich entgegen, dass solche Veranstaltungen auch in Köln wohl kaum gegen 15:00 Uhr starteten. Allerdings erklärte ich damit die Angelegenheit für uns als „erledigt".

Mit Schreiben vom 10.05. bestätigte die Fluggesellschaft mir den Eingang meiner Forderung. Na, das „war doch schon mal was". Bei deren nächstem Schreiben wusste ich nicht so recht, ob ich fluchen oder lachen sollte. Man entschuldigte sich dafür, dass der Flug nicht wie geplant stattgefunden hatte. Dann hieß es: „Als Entschädigung erhalten Sie eine Ermäßigung von 250,00 EUR auf Ihre nächste direkt bei uns getätigte Buchung. Die Einlösung ist möglich bis zum 31.05.2018." Ich konnte mir durchaus vorstellen, dass etliche Antragsteller sich über solch ein Angebot freuten, aber der Fluggastrechte VO entsprach das nun mal nicht. Zum einen hatten wir auf 500 € Anspruch, zum anderen konnte eine Gutscheinregelung nur mit schriftlichem Einverständnis getroffen werden. Ich hatte jedoch „Überweisung" gefordert. Klar, das 250 €

Angebot als Gutschein wäre für die Fluggesellschaft eine kostengünstige Regelung gewesen. Mit „irgend solch einem Versuch" hatte ich gerechnet, da ich Erfahrungen mit ähnlichen Verhaltensweisen von Versicherungen hatte. Zwar war ich seit einigen Jahren Rentner, aber die Grundeinstellung als Jurist war damit nicht beendet: „Nur keinem Rechtsstreit aus dem Wege gehen, wenn die Chancen gut sind." Ich wies also das „250 € Gutschein-Angebot" umgehend zurück und setzte für 500 € eine Zahlungsfrist. Die wurde von der Fluggesellschaft nicht eingehalten. Als ich eine Klageschrift vorbereitet hatte, kam ein weiteres Schreiben: „Sie erhalten eine Gutschrift in Höhe von 500 € für Ihre nächste direkt bei uns getätigte Buchung." Die Fluggesellschaft lobte sich dabei, wie kundenfreundlich sie doch wäre. Das bestritt ich in der Erwiderung, setzte eine letzte Zahlungsfrist und kündigte die Klage an. Zum Schluss formulierte ich: „Mit nicht mehr freundlichem Gruß". Das war vielleicht der Grund dafür, dass die Fluggesellschaft nichts mehr erwiderte und weiterhin nicht zahlte. Wahrscheinlicher aber war wohl, dass sie es darauf ankommen ließ, ob ich tatsächlich klagen würde. Im Internet las ich, dass nur etwa jeder fünfte Berechtigte in solch einem Fall klagt. Na, ich tat es jedenfalls. Nachdem ich den vom Gericht geforderten Kostenvorschuss geleistet hatte, geschah einige Zeit gar nichts. Irgendwann kam vom Gericht die Nachricht, dass der Beklagten eine Frist zur Stellungnahme gesetzt worden war. Bis zum Ablauf der Frist erhielt ich keinen Schriftsatz – aber dann wurden plötzlich kommentarlos 502,73 € überwiesen! 2,73 € waren die Zinsen für 47 Tage. Den ans Gericht gezahlten Kostenvorschuss bekam ich natürlich auch noch zurücküberwiesen. Damit endete das „Sardinienurlaubserlebnis".

Mirto war inzwischen eingepflanzt worden - so hatten wir eine bleibende Erinnerung an den Urlaub.

Vier Meisenkinder verließen, von uns unbemerkt, das Nest vor dem Arbeitszimmerfenster. Vermutlich waren wir zu der Zeit auf dem Tennisplatz. Als wir feststellten, dass es keine Meisenflüge mehr zum Blumentopf gab, schauten wir darunter nach und bestaunten den tollen Nestbau.

Ob die Meisen nun auch anderen von ihren Reisen erzählten?

Hier kommt noch die angekündigte Auflistung der kursiv geschriebenen Namen, die man eventuell noch „googeln" möchte:

Alghero	Ortsname
Bosa	Ortsname
Cagliari	Ortsname
Cala Liberotto	Ortsname
Cala Gonone	Ortsname
Castello della Fava	Turm
Costa Smeralda	Küstenregion
Dorgali	Ortsname
Grotta di Bue Marino	Grotte am Meer
Grotta di Ispinigoli	Grotte im Gebirge
Mirto	Pflanze und Likör
Nuragher	Volksstamm Bronzezeit
Olbia	Ortsname
Orosei	Ortsname
Porto Cervo	Ortsname
Posada	Ortsname
Sassari	Ortsname
Sinicola	Ortsname
San Teodoro	Ortsname

Beim *tradition® - Verlag* gibt es von Eckhard Duhme

„Mir passiert so etwas doch nicht" – Band I
Urlaubslektüre, 104 Seiten, 8,00 €
Erzählt werden „Erlebnisse zum Schmunzeln" während einer Urlaubsreise 2011 nach Portugal. Dabei erhält man zugleich touristische Informationen über Sehenswertes und Nichtsehenswertes in Lissabon, Casçais, Estoril, Sintra und Mafra, besser als in manchen Reiseführern.

„Mir passiert so etwas doch nicht" – Band II
Urlaubslektüre, 100 Seiten, 9,80 €
Beim Schmunzeln über Erlebnisse einer Urlaubsreise 2012 zur Costa Blanca in Spanien erfahren Sie, ob sich denn ein Besuch in Valencia, Alicante, Benidorm, Altea, Jávea, Castell de Castells, Guadelest oder Calp lohnt.

„Mir passiert so etwas doch nicht" – Band III
Urlaubslektüre, 104 Seiten, 9,80 €
2013 geht die Urlaubsreise nach Spanien an die Costa del Sol. Málaga, Marbella, Fuengirola, Torremolinos, Cártama, Mijas und Mijas Costa werden besucht. Bei manchen Erlebnissen ist man sicherlich froh, dass man davon selber nicht betroffen gewesen ist.

„Augen zu und durch"
Renovierungslektüre, 120 Seiten, 9,80 €
Bei Renovierungen passiert doch immer irgendetwas
Unvorhergesehenes. Termine verzögern sich, es wird
teurer als geplant, es kommt „was dazwischen", es gibt
neue Wünsche. Hier ist mal aufgeschrieben worden, was
man dabei so alles erleben kann.

„Mein Gott!! Es ist doch nur ein Spiel!!"
Tennisgeschichten, 144 Seiten, 10,00 €
Wer selber Tennis spielt, wird an manchen Stellen
meinen: „Ähnlich ist es mir in einem Match auch passiert."
Wenn man sich dabei eventuell geärgert oder aufgeregt
hat, kann man im Nachhinein meistens darüber lachen
oder zumindest lächeln.

„Björn"
Roman , 678 Seiten, 35,00 €
Geschildert wird, wie das Leben eines Jugendlichen in
den sechziger Jahren des zwanzigsten Jahrhunderts
gewesen ist, einer Zeit, in der es weder PC noch Handy,
SMS, i-Phone oder Play-Station, nicht einmal schnurlose
Telefone gegeben hat. Interessant ist das Leben in der
Zeit trotzdem gewesen – oder gerade deshalb?

Eckhard Duhme ist 1947 im westfälischen Hagen geboren und dort aufgewachsen. Nach dem Abitur ist er von 1966 bis 1968 in Hamburg und Schleswig - Holstein bei der Bundeswehr gewesen. Danach hat er 4 Jahre in Münster Jura studiert. Nach 2 ½ Jahren Referendarzeit hat er 1975 das 2. juristische Staatsexamen bestanden. Dann hat er 35 Jahre in einem Chemiekonzern in leitenden Funktionen gearbeitet.

Im Berufsleben hat er unzählige Texte verfasst. Oft ist ihm lobend gesagt worden: „Sie könnten auch Schriftsteller sein." Das ist er seit 2010 als Rentner. Schreiben ist für ihn ein unterhaltsames und spannendes Hobby: „Wenn meine Texte auch anderen Menschen Freude bereiten, ist die aufgewendete Zeit sinnvoll gewesen."

Seit 1995 wohnt er mit seiner Frau Angelika in Neuwied.

Zeitfracht Medien GmbH
Ferdinand-Jühlke-Straße 7
99095 Erfurt, Deutschland
produktsicherheit@kolibri360.de